LOCUS

LOCUS

to

fiction

to 125
正義者
Les Justes

作者：卡繆 Albert Camus
譯者：嚴慧瑩
責任編輯：林盈志
封面設計：林育鋒
內頁排版：江宜蔚
校對：呂佳真
出版者：大塊文化出版股份有限公司
台北市 105022 南京東路四段 25 號 11 樓
www.locuspublishing.com
讀者服務專線：0800-006689
TEL：(02) 87123898　FAX：(02) 87123897
郵撥帳號：18955675　戶名：大塊文化出版股份有限公司
法律顧問：董安丹律師、顧慕堯律師

總經銷：大和書報圖書股份有限公司
地址：新北市新莊區五工五路 2 號
TEL：(02) 89902588　FAX：(02) 22901658

初版一刷：2021 年 7 月
初版二刷：2022 年 2 月
定價：新台幣 280 元
ISBN：978-986-0777-10-9

正義者

LES JUSTES

卡繆

Albert Camus

嚴慧瑩 譯

目錄

導讀
卡繆的「反抗」哲學

吳錫德（淡江大學法文系教授）

西方文明一項極重要的精神資產為「懷疑論」，那是古希臘時期智者思辨的依據。人唯有透過質疑某些理所當然的主張，才能取得身心靈的平衡。這個求知態度可一體適用到許多知識領域，舉凡哲學思辨、科學、宗教，乃至社會存有的意識形態。事實上，透過「懷疑論」的檢視，才是具體推動人類社會進步的動力。作家卡繆大學時專攻古希臘哲學，熟諳其精神，並且還提領出「南方思想」（la pensée de midi），即主張追求和諧、節制及平衡。但在這過程中，他更倡導以「反抗」做為行動綱領。認為唯有付諸行動，投入反抗，才能達成古希臘神祇涅墨西斯（Némésis）所主張的「適度」的理想世界。

每一部作品都在闡述「反抗」

卡繆在二十五歲那年（一九三八）即構思創作了《異鄉人》（一九四二）、《薛西弗斯的神話》（一九四二）、《卡里古拉》（一九三八）、《誤會》（一九四四），完成了他的「荒謬」系列。由於筆觸生動，風格清新，尤其反映彼時的時代精神，而洛陽紙貴，大獲好評。進而被冠上「荒謬作家」以及「存在主義作家」的封號，但他都予以否決。他的好友沙特很早就看出端倪，說卡繆是「發現荒謬，從而反對荒謬」的作家。一九四二年起，他另起爐灶，構思「反抗」系列，先後完成了小說《鼠疫》*（一九四七）、戲劇《正義者》（一九四九）、哲學論述《反抗者》（一九五一），他幾乎說出了二戰後西方一整代人共同的心聲，讓他的盛名因此達於顛峰，也獲得諾貝爾文學獎的青睞（一九五七），稱頌他的作品「以一種精闢又嚴謹的方式，闡述了當今人類的自覺問題」。

綜觀卡繆一生的書寫創作，無論是小說、戲劇、哲學論述，幾乎部部都與「反抗」息息相關。而他所揭櫫的「反抗」實則與沙特等人倡言的「邁向自由之路」殊途同歸，其最終目的就是追求最高度的自由，自由說話、信仰及表述。只是卡繆所採行的路徑更平實易解，更貼近庶民。他的方式更直截了當，更能打動人心，「反抗」在他的作品裡就有了極高的「正當性」。

＊編按：La Peste直譯為「鼠疫」，卡繆此書的譯名通常有「瘟疫」、「鼠疫」、「黑死病」幾種，考量卡繆作品中描述疫病傳染與人性反應的普遍性，非專指是在特定疫病下才有的狀況，因此大塊文化出版的 *La Peste* 定名為《瘟疫》。本導讀行文以卡繆當年背景稱為《鼠疫》。**La Peste** 於不同脈絡語境時有「瘟疫」和「鼠疫」兩種譯法，在此周知讀者。

我反抗，故我們存在

一九五一年，卡繆發表了一部深思熟慮的論著《反抗者》，他從笛卡兒的那句名言「我思，故我在」獲得靈感，提出「我反抗，故我們存在」的信念。笛卡兒的名言旨在強調「我存在的自覺」，卡繆的信念則更為深刻，更臻廣度；先是強調透過全面性的反抗，包括藝術的反抗，才足資證明我的存在。再則，我的存在這樣的自覺，也必須與他人團結互助才屬於真正的存在。也就是說，精神上，它更能反映現代性，甚至當代性，也就超越了笛卡兒的「小我」，是一種「大我」的表現。這種對「大我」的關懷和自覺，便是人道主義的主要精髓。

卡繆一共花了八年時光（一九四三至一九五一）撰寫《反抗者》這部哲學思辯論集，包括形而上的反抗、歷史性的反抗、反抗與藝術，以及南方思想。卡繆說過這部論集是他所有作品中最喜愛的一本。書中的論點一路揭露左派知青的政治盲從與前衛派的虛無主義。結果，當時他獲得的攻訐比稱許還多。他的好友羅傑．柯尼葉（Roger Grenier）說道：「我們的時代歷經許多不平，《反抗者》卻讓我們不失勇氣，打開通向希望的大門。」

《鼠疫》應是卡繆躋身法國文壇的扛鼎之作。之前的《異鄉人》雖讓世人驚豔，但就規模、向度及內涵而言，後者更勝一籌。小說一出版便告轟動，之後也拍成電影（一九九二）。沒想到事隔半個多世紀，全球新冠肺炎大流行，撼動全球秩序，人不分畛域，無論貧富，皆見識到它的威脅。這期間這本書竟成了最被閱讀的一本文學創作。卡繆前後花了七年時光，博覽史料及文獻，又靜心思索人類處境。以納粹德軍入侵法國的大逃亡，以及確實發生在他的故鄉阿爾及利亞奧蘭市的疫情封城的真實背景，採編年史方式，寫出這本逼真寫實、人物鮮明、細節詳實的寓言式小說。他曾在一九四二年的札記裡寫道：「鼠疫，意味著痛苦和死亡的恐怖，隔離、流亡、分散，這些都是人的命運。人可能自暴自棄，屈膝服輸，並從中看到懲罰罪惡的上帝之手。但人也可以透過反抗，透過團結一致，重新取得自己的尊嚴及自由。」

《正義者》可說是當代的經典悲劇。這是沙俄時期為推翻專政，一群起義者密謀暗殺沙皇親戚的真實故事。卡繆亦在《反抗者》裡闢章申論，提出所謂的「有所不為的謀殺者」。主角卡利亞耶夫行刺謝爾日大公之所以失敗，被捕入獄，然後絞死，乃是因為他拒絕殃及馬車上無辜的孩子。卡繆結論指出：「如此全然忘記自身，卻又如此關懷其他人的性命，可以想見這些有所不為的謀殺者，算是體驗了反抗中最極端的矛盾。」正是這種舉棋不定的煎熬，難以取捨的情境，成了悲劇的主題。

卡繆十分推崇西方神話裡的天神普羅米修斯的勇氣與決心。祂應是第一位反抗者，以具體行動盜取火種給人類，而觸怒了天神宙斯。他在《反抗者》裡說道：「藝術最偉大的形式，就是表達最高層級的反抗。」他在《正義者》裡也明言：「真正的反抗就是創造價值。」他在《鼠疫》裡透過醫師李厄講出：

「追求幸福沒什麼好羞愧的。」並由決心放棄潛逃出城投入救災團隊的記者藍柏回應說：「但是單獨一人的幸福，就會讓人覺得可恥。」卡繆的結語應是：反抗才是人類的本性，唯互助才更能彰顯反抗的力道。

導讀

正義抑或暴力——卡繆《正義者》劇作導讀

阮若缺（國立政治大學外語學院院長）

緣起

從卡繆的作品及札記中，我們不難發現作者對反抗、正義、革命和基督精神等議題，提出許多反思與感想。而他本人對戲劇的熱愛，更不在話下，早年於阿爾及利亞即組過劇團粉墨登場，他和戲劇圈也很熟；鮮為人知的是，若非卡繆英年早逝，沙特（Jean-Paul Sartre）劇作《密室》（*Huis Clos*）中賈森

（Garcin）一角，本屬意由他擔綱……造化弄人，如今我們只能研究其劇作，以瞭解作者的思想和對人道的關懷，並追念他的一言一行。

早在一九四四年末，身為記者的卡繆便開始閱覽世界各地不同的革命事蹟，其中最觸動他的，就是沙凡科夫（Boris Savinkov）所著的《一個恐怖分子的回憶錄》（*Souvenirs d'un terroriste*），主人翁名叫卡利亞耶夫（Kaliayev）。經過數年收集俄國革命運動的史料，卡繆決定保留若干當代人物的真實姓名，於一九四九年完成了這齣歷史劇——《正義者》（*Les Justes*）。

劇情概要

一九〇五年，在俄國一群社會反動分子欲推翻暴政，打算在謝爾日大公的馬車駛向劇院途中丟擲炸彈，處決掉這個人民公敵。然而，執行任務的卡利亞耶夫卻失敗了，原因是他看見馬車上還坐著兩名孩童——大公的侄子、侄女。

他的惻隱之心令他不願傷及無辜，因此住手，功敗垂成。回到公寓後，同夥人之間有的以同理心支持他，尤其是卡利亞耶夫的女友朵拉（Dora）；但甫自監獄逃脫者史代潘（Stepan）則嚴厲譴責他的懦弱行為，並認為應「為達目的，不擇手段」。

兩天後，他們又策畫了另一起攻擊行動，仍由卡利亞耶夫動手。這回大家都聽見了炸彈爆炸聲，當然，恐怖分子被捕並入獄。只是這回政府不再嚴刑峻法，改採「懷柔政策」，甚至搬出基督的救贖，只要他當眾表示懺悔，可以免他一死。然而卡利亞耶夫悍然拒絕，寧可選擇接受絞刑，慷慨就義。

標準古典劇

本劇共分五幕，沒有倒敘，也沒有劇類混搭，僅圍繞著一項危機：大公之死。事件在一周內結束，地點除了第四幕在監獄外，其他都是他們藏匿的公寓，場景採極簡風，人物亦僅圍繞著刺客卡利亞耶夫，重點是心靈的感受而非視覺效果，這些都符合古典劇的作法，也是標準的情境劇（théâtre de situation）。不過為了避免全劇過於單調，卡繆還是將詩意與政治交錯，令全劇更呈現人味。作者也巧妙交替聲音（如敲門聲、馬車聲、炸彈聲）與沉默，製造懸而未決的緊張氛圍。

主要人物刻畫

卡利亞耶夫

他是個天真浪漫的理想主義青年，充滿熱情並熱愛生命，加入組織是抱著一股為民除害的正義感。正由於他珍視所有無辜的小生命，在執行炸掉大公馬車的任務時，心生憐憫，不忍讓大公侄子、侄女同歸於盡。然而這卻延誤了行刺大事，令反抗革命工作益發艱困。二次行動刻不容緩，卡利亞耶夫這回毫不遲疑地勇往直前。他要摧毀的並非是某個人，而是他所代表的政體。結果他被捕了，且認為死有重於泰山輕於鴻毛，希望他一人的犧牲能換取整體俄國人的自由與幸福。背叛苟活和基督救贖都喚不回這位烈士的心，他寧可從容就義，含笑九泉。

史代潘

他正好與卡利亞耶夫站在對立面，形成對比。這是個虛擬人物，永不疲憊的活躍分子，為達目的會不擇手段，屬馬克思主義的強硬派。他和卡繆另兩部劇作中的人物卡里古拉（《卡里古拉》）與瑪爾達（《誤會》）為同一類的算計型殺手，反對溫情派。由於曾待過牢房，個性變得更極端、更激進，以暴制暴、非黑即白就是他的最終信念。

朵拉

她和許多年輕女孩一樣，也曾嚮往美貌、戀愛、成家，但也因為熱愛人民加入了社會主義革命的行列，這是種無償無悔的絕對之愛。不過，在她的言談中，仍可感受到她溫柔和善的一面，因此另四位男性革命者都折服於這位傾聽者的魅力之下，她似乎就是卡繆的代言人。當卡利亞耶夫不忍向無辜孩子下手時，是她首先安慰他，要他別氣餒喪志；又當卡利亞耶夫決定二度出擊時，也是她第一個鼓勵他，要他義無反顧的。更難能可貴的是，朵拉還要追隨他，執行下次爆炸任務，期待兩人在天堂相會。她的無懼不禁令人想起車臣黑寡婦自殺炸彈客求仁得仁的壯舉。

大公夫人

試想一位溫柔婉約、風姿綽約的大公夫人，一夜之間丈夫身首異處，化為灰燼，這種巨變還注入政治因素，哪是個平凡女子所能承受之痛？然而她執意入監探視那個殺了她丈夫的囚犯，迷惘的她誠懇地想得知卡利亞耶夫暗殺大公的原因，並希望她所信仰的上帝能感動這名恐怖分子，表示懺悔，重新做人。劇中大公夫人沒有名字，這彷彿代表了成千上萬的女性，她們不要暴力，只要和平，也唯有寬容和諒解才能化解干戈。

結語

當人們遇上不公不義或危險的事情時，該像卡繆小說《墮落》（*La Chute*）裡的主角克拉蒙斯般視而不見？或像《瘟疫》（*La Peste*）中的醫生李厄選擇留下救人而不逃離？還是如本劇《正義者》挺身而出，犧牲小我完成大我？然而世上又有多少人是昧著良知，躲在一隅看好戲，甚至大言不慚地以正義之名，行濫殺之實，然後踏著這些天真傻子奮不顧身而淌下的血跡收割？卡繆曾在諾貝爾文學獎頒獎典禮上表示：「若他們傷害的是我母親，我一定會站出來保護她……」作者一生追求的是公平正義，也頻頻對反抗專制的勇者致敬，但倘若他們的激烈手段可能傷及無辜的話，卡繆寧可先衛護這群弱者，再完成偉大的理想。他明辨大是大非的精神，才是最純真、最無私的人性光輝。

導讀

在「正確」裡相互撞擊：讀卡繆《正義者》

朱宥勳（作家）

「這是寫《異鄉人》的卡繆？真的假的？」

我讀卡繆《正義者》的過程裡，腦中不斷閃現這句話。說來慚愧，我和大多數台灣的文學讀者一樣，一向習慣文學的「三大文類」是小說、散文、詩，而對西方文學極為重視的「劇本」這一文類極為陌生。因此，即使卡繆在台灣已經是耳熟能詳的作家，我也只讀過他的小說，而不及於他同樣頗負盛名的劇本。

這也是為什麼，我讀《正義者》會覺得認識了一個全新的卡繆。在《異鄉人》或《瘟疫》裡面的卡繆，是一位深沉而充滿思辨性的作家，能以簡潔（甚至在某些時候可以稱之為「枯瘦」）的文字，直指人心的荒蕪。在這種「很現代」的小說裡，我們不會看到太強烈的戲劇衝突，取而代之的是沉鬱的內在風景。

然而，在劇作《正義者》裡，我們可以看到完全不同的寫法。此作篇幅不長，故事環繞著一個激進的革命組織圖謀暗殺俄羅斯大公的事件；但它卻有九名角色，每一名角色都有鮮明的個性、立場和動機。以《正義者》的篇幅來說，能夠涵納那麼多鮮明的角色，並且讓它們彼此交錯碰撞，產生雅俗共賞的戲劇性，實非易事。

比如主角卡利亞耶夫，他以一種詩人的熱情投身革命，自然使他合理成為投擲炸彈的不二人選；然而這種熱情的人道主義者，卻也最有可能在關鍵時刻「看見孩子」。或者與卡利亞耶夫對立的史代潘，他是充滿仇恨之火的激進革命者，在故事剛開始時，或許會覺得這名角色未免不近人情；然而隨著劇情的推展，他的仇恨背後其實背負著難以放下的過去，他對朵拉袒露傷口、述說自己苟活的段落，讀來讓人不忍。

不只是主要角色有很好的鋪陳，卡繆也能利用很短的場景，來把配角寫得頗為深刻。比如臨陣脫逃的瓦洛夫，精準地描寫了「第二次鼓起勇氣」之難。而在監獄裡，先後與卡利亞耶夫對話的警長斯庫拉托夫和大公夫人也寫得非常精彩。斯庫拉托夫雖然是故事裡的「反派」，但他的質問仍然是有力的：如果「理念」能使你不殺孩童，那為什麼「理念」卻能允許你殺大公？更別說大公夫人以未亡人身分，竟不是來對卡利亞耶夫復仇，而是試著「感化」他——這裡面的複雜心思，頗值得玩味：不是卡利亞耶夫需要獲得寬恕，而是大公夫人需要卡利亞耶夫「被寬恕」。

而我個人最震撼的小場景，則是卡利亞耶夫與弗卡的對話。寥寥數頁，就把「一心為民的革命分子」與「真正在體制下掙扎的人民」之間的乖隔寫得極為冷冽（或者你也可以說是哀傷）。作為中文世界的讀者，我很難不想到魯迅的「血饅頭」。而在卡繆筆下，吃血饅頭的人民，是可恨與可悲並存的；而卡利亞耶夫這樣滿腔熱血的革命分子，竟也要到刀斧加身的前一刻，才真正「看見」他所欲捍衛的人民，這一「啟蒙」的瞬間，是何等的重量？

也因此《正義者》要講的並不只是「革命是正義的」——綜觀全劇，卡繆並不懷疑這一點，這也確實是他創作的起心動念。但卡繆真正表現出來的，反而是「正義之難」，是「堅持正義時，必然伴隨而來的傷害」。卡繆的敘事立場，毫無疑問是站在革命分子一邊的，但整個故事卻是不斷對他們施以考驗，像是鍾鍊金屬那樣熬磨角色的意志。

由此來看，故事一開始的史代潘是唯一已經完成熬磨的人，但其他人的試煉才正要開始。卡利亞耶夫要面對「孩童的眼神」、面對「弗卡的交易」，乃至於面對「大公夫人的寬恕」；真正可怕的試煉，不是殺身之禍、不是刑罰威逼，反而是這些並不邪惡的、令人心軟的情感。誰能說放過孩童是錯的？誰能說厭恨「血饅頭」是錯的？誰又能說對悲傷的未亡人施以同情是錯的？「正義」最大的考驗，就在這種種「正確」裡。

除此之外，作為組織領導人的安南科夫雖然在劇中的深度稍遜，但在炸彈投擲前夕的反思也十分深刻。在任務安排上，他不能到前線投彈，必須在後方指揮坐鎮。但這個「在後方」的配置，卻引起他深深的不安：「我知道不應該和他們身在一起。然而有時候，我害怕自己太輕易同意我的角色。說到底，被迫不去投擲炸彈，終究是容易做到的。」「害怕」、「太輕易同意」、「被迫不去」、「容易」言詞十分簡單，思慮卻鋒利深沉。

更別說是最後一幕，作為描寫重心的朵拉了。在《正義者》的前半部，朵拉是一名聖母型角色，她安撫所有人，是這充滿殺伐的組織中，最大的穩定力量。然而到了最後，刺殺與處決完全如預期發生之後，她也迎來了自己的試煉。卡利亞耶夫之死，把她也變成了跟史代潘類似的人——我說類似，是因為我認為兩者仍有細微差異，他們雖然同樣經歷了「堅定」的歷程，但朵拉並不像史代潘，成為關閉了所有美善情感的恨的結晶，反而是直視一切細節之後，更為複雜的一種樣態。在全劇的最後一句話，朵拉哭著說：「現在一切都更容易了。」這或者可以視為解讀《正義者》的鑰匙吧，這是關於正義的「成如容易卻艱辛」的故事。

由此，卡繆《正義者》是一部在戲劇性與思想性之間，取得極佳平衡的作品。《正義者》的人物互相碰撞衝突，悲劇步步進逼，就戲劇性而言堪稱毫無冷場；但同一時間，《正義者》也並未使人物扁平化，都能讓我們看到角色「更深一點」的思慮，乃至於經過錘鍊的成長軌跡。

如果你已經認識了《異鄉人》、《瘟疫》的那位卡繆，不管你喜不喜歡那位卡繆，我都衷心建議，你應該再來認識一下《正義者》的卡繆，相信可以一洗「存在主義作家都在寫一些喃喃自語的沉悶故事」的印象。這裡的卡繆可一點都不沉悶，他的愛恨辯證、他的正義觀點，其驚心動魄處——我這樣說吧，你看過《進擊的巨人》嗎？它們的核心驚人地可以共鳴！而這部作品，甚至早在一九四九年就完成了。

正義者

前言

一九〇五年二月，在莫斯科，一個社會革命黨恐怖小組籌畫了一次暗殺行動，準備用炸彈炸死沙皇的叔叔謝爾日大公。這次暗殺行動以及行動之前之後的獨特氛圍，就是《正義者》的主題。本劇中某些情況儘管看似如此特殊不尋常，事實上就是歷史上發生的真實情況。但這不等於說《正義者》是一齣歷史劇，讀者自然也能看出這一點。然而劇中所有人物都確有其人，所有行動也如我劇中所描述。我僅是盡力逼真還原曾經確實存在的一件事蹟罷了。

我甚至保留了《正義者》主人翁卡利亞耶夫（Kaliayev）的真實名字，這麼做並非懶於想像，而是基於對這些男女的尊重與欽佩，因為他們在最艱苦的任務中，未能消除自己良心的不安。誠然，自此以來人們的確有了進步，原本如同無法容忍的痛苦壓在這些傑出的人身上的怨恨，已經變成了一個令人快慰的制度系統。這更是應當再次提及這些偉大英靈的原因，為了他們正義的反抗、他們艱困的同袍友情、他們為了讓自己同意謀殺而做出的艱巨努力——更為了表達我們對他們這些心境的同意與擁護。

阿爾貝・卡繆

喔，愛情！喔，生命！
死亡裡沒有生命，只有愛。

——《羅密歐與茱麗葉》，第四幕第五場

《正義者》第一次搬上舞台是在一九四九年十二月十五日，在巴黎赫伯托劇院（Théâtre Hébertot）（由雅克．赫伯托〔Jacques Hébertot〕執掌），由保羅．奧特利（Paul Œttly）擔任導演，德羅斯尼（De Rosnay）負責背景與服裝。

人物表

朵拉・多勒波夫（Dora Doulebov）
大公夫人（La Grande-Duchesse）
伊凡・卡利亞耶夫（Ivan Kaliayev）
史代潘・費多羅夫（Stepan Fedorov）
波里斯・安南科夫（Boris Annenkov）
阿列克西・瓦洛夫（Alexis Voinov）
斯庫拉托夫（Skouratov）
弗卡（Foka）
獄卒

第一幕

恐怖主義者的公寓。
早上。

幕在沉默中升起。朵拉和安南科夫在舞台上一動不動。門鈴響了一聲。朵拉似乎想說話，被安南科夫的手勢制止。門鈴又響起了兩聲。

安南科夫：　是他！

安南科夫下場。朵拉依舊一動不動等著。安南科夫搭著史代潘的肩膀一起上場。

安南科夫：　是他！史代潘來了。

朵拉：　（朝史代潘迎去，握住他的手）真高興見到你，史代潘！

史代潘：　妳好，朵拉。

朵拉：（看著史代潘）已經三年了。

史代潘：是啊，三年了。他們逮捕我的那一天，我正要去和你們會合。

朵拉：我們當時正等著你。隨著時間過去，我的心愈揪愈緊。我們連抬頭互看都不敢。

安南科夫：而且被迫又要搬一次地方。

史代潘：我知道。

朵拉：那裡怎麼樣，史代潘？

史代潘：那裡？

朵拉：苦役犯監獄。

史代潘：我們逃出來了。

安南科夫：是啊。我們聽到你逃到瑞士的消息時，都很高興。

史代潘：瑞士也是一座監獄，波里亞*。

安南科夫：怎麼這麼說呢？至少他們是自由的。

史代潘：　只要世界上還有一個人受到奴役，自由就是一座監獄。我在那裡時是自由的，但不斷想到俄國和它的奴隸。

一陣沉默。

安南科夫：　我很高興黨派你到這裡來，史代潘。

史代潘：　不得不這麼做。我憋都憋死了。行動，要行動……（他看著安南科夫）我們會殺掉他，對吧？

安南科夫：　這點我深信不疑。

史代潘：　我們要殺掉那個劊子手。你是首領，波里亞，我聽從你的命令。

安南科夫：　我不需要你的承諾，史代潘。我們都是兄弟。

—

*波里亞是波里斯·安南科夫的暱稱。譯註。

史代潘：必須要有紀律。這是我在牢裡領悟到的。社會革命黨需要紀律。我們遵守紀律，便能殺掉大公，推翻暴政。

朵拉：（朝他走去）坐下吧，史代潘。你長途跋涉應該累了。

史代潘：我從來不會累。

一陣沉默。朵拉走去坐下。

史代潘：一切都安排就緒了嗎，波里亞？

安南科夫：（改換了口氣）一個月以來，我們兩位弟兄研究大公的行動足跡。朵拉已經備齊必要的材料。

史代潘：宣言擬定了嗎？

安南科夫：擬定了。全俄國都將會知道，為了加速俄國人民的解放，社會革命黨的戰鬥隊以炸彈處決了謝爾日大公。皇朝上也會知道，我們決定從事恐怖行動，直到國土還諸人民為止。對，史代潘，是的，一切都準備好了！行動的時刻就要到了。

史代潘：我該做什麼呢？

安南科夫：你先當朵拉的助手。原本和她一起工作的史維哲，就由你來替代。

史代潘：他被殺害了？

安南科夫：是的。

史代潘：怎麼回事？

朵拉：一場意外。

史代潘看著朵拉。朵拉移開目光。

史代潘：接下來呢？

安南科夫：接下來我們再看看。你要準備好隨時取代我們，以便繼續和中央委員會保持聯繫。

史代潘：我們的同志有哪些人？

安南科夫：你已經在瑞士見過瓦洛夫。他雖然年紀輕，我對他有信心。你還不認識雅奈克*。

史代潘：雅奈克？

安南科夫：卡利亞耶夫。我們也稱他為詩人。

史代潘：這稱謂和恐怖分子不相合。

安南科夫：（笑）雅奈克覺得正好相反。他說詩具革命性。

史代潘：唯有砲彈才具革命性。（一陣沉默）朵拉，妳認為我幫得上妳嗎？

朵拉：可以的。只要當心別弄破雷管。

史代潘：弄破會怎樣？

朵拉：史維哲就是這樣死的。（停頓）你為什麼微笑，史代潘？

史代潘：　我微笑了？

朵拉：　是的。

史代潘：　有時候我會這樣。（停頓。史代潘似乎在思考）朵拉，一顆炸彈足以炸毀這棟屋子嗎？

朵拉：　一顆不夠。但會讓它受到嚴重損壞。

史代潘：　炸毀莫斯科需要多少顆炸彈？

安南科夫：　你瘋啦！你這是什麼意思？

史代潘：　沒什麼。

門鈴響了一次。他們傾聽、等待著。門鈴又響了兩次。安南科夫走到玄關，之後和瓦洛夫一起走回。

---

*雅奈克是伊凡·卡利亞耶夫的暱稱。譯註。

瓦洛夫：史代潘！

史代潘：你好。

兩人握手。瓦洛夫走向朵拉，擁著她親吻問好。

安南科夫：一切都順利嗎，阿列克西？

瓦洛夫：嗯。

安南科夫：你研究了從皇宮到劇院的途徑了嗎？

瓦洛夫：我現在都可以畫下來了。你看（他動手畫起來），這些地方是拐彎，這些是狹窄路段，這幾處經常堵塞……他的馬車會從我們窗戶下經過。

安南科夫：這兩個十字代表什麼？

瓦洛夫：一個標示的是小廣場，馬車到這裡會放慢速度；另一個標示的是劇院，他們停車的地點。依我所見，這兩個地點最適合。

安南科夫：給我看看！

史代潘：便衣警察呢？

瓦洛夫：（沉吟了一下）數量很多。

史代潘：讓你膽怯了？

瓦洛夫：我覺得不自在。

安南科夫：面對他們誰也不會感到自在。你不要慌亂。

瓦洛夫：我什麼都不怕，我只是不習慣說謊，如此而已。

史代潘：所有人都會說謊。謊要說得似真，這才重要。

瓦洛夫：這不容易。我在大學的時候，就是因為不善掩飾，老被同學嘲笑。我心裡想什麼嘴裡就說什麼，結果就被退學了。

史代潘：為什麼？

瓦洛夫：上歷史課的時候，教授問我彼得大帝是怎麼奠基聖彼得堡的。

史代潘：這是個好問題。

瓦洛夫：我回答說是用鮮血和鞭子奠基的。所以我被開除了。

史代潘：後來呢……

瓦洛夫：我明白光揭露不正義是不夠的。必須捨命去剷除不正義。現在，我很開心。

史代潘：然而，你說謊了？

瓦洛夫：我說謊了。但是在我投出炸彈的那一天開始，就不會再說謊了。

門鈴響了。先是兩聲，之後一聲。朵拉衝去開門。

安南科夫：是雅奈克。

史代潘：信號不一樣。

安南科夫：雅奈克喜歡就改了。他有他個人的信號。

史代潘聳聳肩。玄關傳來朵拉說話聲。朵拉和卡利亞耶夫挽著臂走回場上，卡利亞耶夫笑著。

朵拉：這是雅奈克。這是史代潘，他代替史維哲。

卡利亞耶夫：歡迎你，兄弟。

史代潘：謝謝。

朵拉和卡利亞耶夫走去坐下，面對其他人。

安南科夫：雅奈克，你確定能認出那輛馬車嗎？

卡利亞耶夫：確定。我仔細地看過兩次。只要它一出現，在一千輛馬車之間我也能一眼認出！我記下了所有細節，譬如，它左邊車燈一塊玻璃破了。

瓦洛夫：便衣警察呢？

卡利亞耶夫：有一堆。但我們都是老朋友了，他們還跟我買香菸。（笑）

安南科夫：巴維爾確定資訊了嗎？

卡利亞耶夫：大公這星期會去劇院。巴維爾很快會確切掌握是哪一天，然後把消息交給門房。（他轉向朵拉笑了笑）我們運氣真好，朵拉。

朵拉：（凝視著他）你現在不當流動小販啦？現在成了大老爺。你好帥。你不會捨不得那件農民羊皮襖嗎？

卡利亞耶夫：（笑）沒錯，穿著農民羊皮襖我還滿自豪的。（對史代潘和安南科夫說）我花了兩個月時間觀察流動小販，又花了一個月時間在我的小房間裡練習。其他小販們從來沒懷疑過我。「這小子真能幹，」他們說：「恐怕沙皇的馬他都賣得掉。」他們都還試著學我呢。

朵拉：當然，你為此竊笑。

卡利亞耶夫：妳知道我無法忍住不笑。這身喬裝。這新的生活……這一切都讓我覺得很好玩。

朵拉：我呢，我不喜歡喬裝。（她指了指身上的衣裙）而且，這種奢華的舊衣服！波里亞至少幫我找好一點的衣服嘛。裝扮成演員！我的心可是單純的。

卡利亞耶夫：（笑）妳穿這件衣服很美。

朵拉：美！美我當然高興，但不能想這種事。

卡利亞耶夫：為什麼？妳的雙眼總是那麼悲傷，朵拉。應該開心一點，應當自豪。美是存在的，快樂也存在！「處於寧靜的我的心祝福你……

朵拉：（微笑）我呼吸著永恆的夏天……」

卡利亞耶夫：啊！朵拉，妳還記得這些詩句。妳在微笑？我真高興……

史代潘：（打斷他的話）我們這是在浪費時間。波里亞，我想應該先知會門房一聲。

卡利亞耶夫驚訝地看著他。

安南科夫：對。朵拉，妳下去跟門房說一下吧？別忘了給小費。然後瓦洛夫會幫妳把需要的材料蒐集到房間裡來。

朵拉和瓦洛夫各自下場。史代潘腳步堅定地走向安南科夫。

史代潘：我要丟擲炸彈。

安南科夫：不行，史代潘。丟炸彈的人選已經選定了。

史代潘：求求你。你知道這對我來說代表的意義。

安南科夫：　不行。規矩就是規矩。（一陣沉默）我也不丟擲炸彈，到時候我會在這裡等著。規矩是嚴格的。

史代潘：　誰投第一枚炸彈？

卡利亞耶夫：我。瓦洛夫投第二枚。

史代潘：　你？

卡利亞耶夫：這讓你驚訝？你對我沒有信心吧！

史代潘：　那需要經驗。

卡利亞耶夫：經驗？你很清楚只能投擲一次炸彈，然後就……從來沒有人投過兩次炸彈。

史代潘：　必須有隻堅定的手。

卡利亞耶夫：（伸出手）你看。你覺得它會發抖嗎？

史代潘轉過身去。

卡利亞耶夫：這隻手不會發抖！面對暴君，我難道會猶豫嗎？你怎能這樣以為呢？就算我的手臂發抖，我也有個必定能殺死大公的方法。

安南科夫：什麼方法？

卡利亞耶夫：衝到馬蹄下面。

史代潘聳聳肩，坐到房間最後方的椅子上。

安南科夫：不，不需如此。應該盡力逃離。組織需要你，你應當保護好自己。

卡利亞耶夫：我會服從的，波里亞！這是多麼大的榮耀，對我是多麼大的榮耀！喔！我會不辱使命。

安南科夫：史代潘，在雅奈克和阿列克西監視那輛馬車時，你站到街上。你定時經過我們窗下，我們事先訂好一個暗號。朵拉和我在這裡等著散發宣言。如果我們運氣好一點，就能幹掉大公。

卡利亞耶夫：（激動）對，我會幹掉他！若成功該是多大榮耀！大公還不算什麼，應該要把目標提高！

安南科夫：先從大公開始。

卡利亞耶夫：如果行動失敗呢，波里亞？你知道，我們應該效法日本人。

安南科夫：這是什麼意思？

卡利亞耶夫：戰爭期間，日本人不會投降。他們會自殺。

安南科夫：不，我想的不是自殺。

卡利亞耶夫：那你想的是什麼？

安南科夫：恐怖行動，重新發動恐怖行動。

史代潘：（在舞台後方說）要自殺，必須強烈地愛自己。真正的革命者不能愛自己。

卡利亞耶夫：（猛然回頭）真正的革命者？你為什麼要如此對待我？我對你做

了什麼？

史代潘：我不喜歡那些為了排遣無聊而投入革命的人。

安南科夫：史代潘！

史代潘：（站起身朝他們走過來）沒錯，我就是粗暴。但是對我來說，仇恨不是遊戲。我們在這裡不是為了互相標榜。我們在這裡是為了行動成功。

卡利亞耶夫：（輕聲地）你為什麼針對我呢？誰跟你說我無聊來著？

史代潘：我不知道。你改變門鈴信號，喜歡扮演流動小販的角色，念詩詞，要衝到馬蹄下面，現在又是自殺……（他看著卡利亞耶夫）我對你沒信心。

卡利亞耶夫：（克制著自己）你並不瞭解我，兄弟。我並不無聊。我投身革命是因為我熱愛生命。

史代潘：我不熱愛生命，但正義超乎生命之上。

卡利亞耶夫：（顯然努力克制）每個人盡一己之力效命於正義，必須接受我們各自的不同。如果可能的話，我們應該彼此相愛。

史代潘：我們不能彼此相愛。

卡利亞耶夫：（爆發）那你幹嘛加入我們？

史代潘：我加入是為了殺掉一個人，而不是為了愛他，也不是為了包容他的差異性。

卡利亞耶夫：（激烈地）你不是單獨行動，也不是沒有名義。你和我們一起殺他，以俄國人民之名。這才是你的正當性。

史代潘：（也很激烈）我不需要。三年前，我一夜之間就擁有永遠的正當性了，在監獄裡。我無法容忍……

安南科夫：夠了！你們瘋了嗎？你們記得我們是什麼人嗎？我們是兄弟，融合一體，為了剷除暴君，為瞭解救國家！我們一起殺人，什麼也不能將我們分開。（一陣沉默。他看著兩人）走，史代潘，我們來商量該做什麼信號……

史代潘下場。

安南科夫：（對卡利亞耶夫）這沒什麼。史代潘受了很多苦。我會來跟他好好說。

朵拉上場。

卡利亞耶夫：（臉色非常蒼白）他針對我而來，波里亞。

朵拉：（看到卡利亞耶夫的表情）發生什麼事了？

安南科夫：沒什麼。

安南科夫下場。

朵拉：（對卡利亞耶夫）發生什麼事了？

卡利亞耶夫：我們已經槓上了。他不喜歡我。

朵拉默默走去坐下。停頓了一會兒。

朵拉：我想他誰也不喜歡。當這一切結束的時候，他會比較快樂。你別難過。

卡利亞耶夫：我很難過。我需要你們所有人的愛。我為組織拋棄了一切，如何能忍受兄弟們不接受我呢？有時候，我感覺他們不理解我。這是我的錯嗎？我知道，我這人不靈活……

朵拉：他們愛你，也理解你。史代潘不一樣。

卡利亞耶夫：不。我知道他的想法。史維哲以前就說過：「太特殊，難以成為革命者。」我想向他們解釋，我並不特殊。他們覺得我有點瘋，太過自動自發。然而，我和他們一樣相信理念。我也和他們一樣準備犧牲。我也能變得靈活、沉默、內斂、效率高。只不過，在我眼裡生命依舊美好。我喜愛美，喜愛幸福！正因為如此，我才憎恨專制政權。該怎麼向他們解釋呢？革命是當然必要！但革命是為了生命，為了給生命一個機會，妳理解嗎？

朵拉：我理解……（激動，接著一陣沉默）然而，我們要去殺人。

卡利亞耶夫：是，我們嗎？啊，妳說的是……這不一樣。啊，不！這不一樣。何況，我們殺人是為了建立一個永遠不再殺人的世界！我們願意成為兇手，為了讓大地最後充滿清白的人。

朵拉：如果不是這樣呢？

卡利亞耶夫：住口，妳知道這是不可能的。那麼史代潘就有理了。那就得向美吐口水了。

朵拉：我在組織裡的時間比你長。我知道什麼事都不簡單。但是你有信仰……我們都需要信仰。

卡利亞耶夫：信仰？不是。只有一個人曾有過信仰*。

朵拉：你有魄力，能夠排除一切勇往直前。你為什麼要求投擲第一枚炸彈呢？

卡利亞耶夫：我們難道能嘴巴光談恐怖行動，自己卻不參加嗎？

朵拉：不行。

卡利亞耶夫：那就必須站在第一線。

朵拉：（似乎陷入思考）對。要站在第一線，但也有最後一刻，這我們

---

*「只有一個人曾有過信仰」這一句引起許多學術界討論。大部分研究學者認為此處「一個人」意指耶穌。譯註。

也必須考慮到。這是我們需要的勇氣、熱血……也是你需要的。

卡利亞耶夫：這一年以來，我全心想的就是這個。我活到現在，就是為了這一刻。我現在很清楚，就是要和大公當場同歸於盡。流乾最後一滴血，或在炸彈火焰中一下子燒盡，身後什麼也不留。妳明白我為什麼要求投擲炸彈嗎？為理念而死，是唯一能讓自己達到理念高度的方法。才是正當性。

朵拉：我也是，我渴望為此而死。

卡利亞耶夫：對，這是值得羡慕的幸福。夜裡，我有時會在流動小販的草褥上輾轉反側。一個想法折磨著我：他們把我們變成了殺人者。但我同時又想，我也會同歸於盡，心裡就平靜下來了。妳知道嗎，這麼一想，我就微笑著像個孩子般重新入睡。

朵拉：這樣很好，雅奈克。殺人並犧牲。但是依我之見，還有一個更大的幸福。（停頓一下。卡利亞耶夫看著她。她垂下目光）那就是綁架。

卡利亞耶夫：（狂熱地）我也想過。行刺同時犧牲還是有某些不完整的地方。介於刺殺行動和綁架之間，卻是一種永生，對人來說，或許是唯一的永生。

朵拉：（口氣熱切，抓住他的手）這個想法會幫助你。我們付出的比我們該償還的更多。

卡利亞耶夫：你這話是什麼意思？

朵拉：我們被迫殺人，對吧？我們斷然犧牲一條命，只一條命吧？

卡利亞耶夫：是啊。

朵拉：但是，前去行刺，之後前赴綁架，這就是付出兩次生命。我們付出的比我們該償還的更多。

卡利亞耶夫：對，那就是死了兩次。謝謝妳，朵拉。誰都不能對我們有任何譴責。現在，我對自己信心十足。

一陣沉默。

卡利亞耶夫：妳怎麼了，朵拉？怎麼什麼都不說？

朵拉：　我還想幫助你。只不過……

卡利亞耶夫：只不過？

朵拉：　沒什麼，我瘋了。

卡利亞耶夫：妳不信任我？

朵拉：　喔不是，我親愛的，我是不信任自己。自從史維哲死後，我有時會出現些奇怪的想法。況且，也輪不到我來告訴你困難之處會是什麼。

卡利亞耶夫：我就喜歡困難。如果妳看得起我，就說吧。

朵拉：　（看著他）我知道，你很勇敢。正是這一點令我擔心。你笑、你激憤、迎向犧牲、充滿激情。但是幾個鐘頭之後，必須從這夢想中走出來，付諸行動。或許應該是先談一談這個……以免感到意外，一時動搖……

卡利亞耶夫：我不會動搖。把妳心裡想的說出來。

朵拉：是這樣，行刺、絞架、死兩次，這些是最簡單的。你的心足以驅使你。但是第一線……（她住嘴，看著他，似乎猶豫著）位於第一線，你會看見他……

卡利亞耶夫：誰？

朵拉：大公。

卡利亞耶夫：只是不到一秒鐘的時間。

朵拉：在一秒鐘的時間裡，你會看到他！喔！雅奈克，你必須知道，你應該事先被告知！人畢竟是人。大公或許有一雙善解人意的眼睛。你看見他搔搔耳朵，或者開心微笑。誰知道他臉上會不會有一道刮鬍子割傷的傷痕。他如果那一刻看著你的話……

卡利亞耶夫：我殺的不是他。我殺的是專制政權。

朵拉：當然，當然，必須殺掉專制政權。我製造炸彈，把雷管固定上去，你知道這是最困難的時刻，令人神經緊繃，然而我心裡卻感到一種奇異的幸福。但是我不認識大公，如果在這困難的時刻他就坐在我面前，事情就會更困難。你呢，你會近距離看到他，非常近……

卡利亞耶夫：（激動地）我不會看見他。

朵拉：為什麼？你把眼睛閉上嗎？

卡利亞耶夫：不是。但借助上帝之力，仇恨會在適當的那一刻蒙蔽我的雙眼。

有人按電鈴。只響一聲。他們一動也不動。

史代潘和瓦洛夫上場。

玄關傳來說話聲。安南科夫上場。

安南科夫：是門房。大公明天去劇院。（注視其他人）必須一切就緒，朵拉。

朵拉：（聲音低沉）是的。（慢慢走下場）

卡利亞耶夫：（注視著她走出，轉身對著史代潘，輕聲說）我會殺了他。滿心歡喜地幹掉他！

落幕。

第二幕

次日傍晚。

相同地點。

安南科夫站在窗前。朵拉站在桌子旁邊。

安南科夫：他們已經就定位。史代潘點起了菸。

朵拉：大公幾點鐘會經過？

安南科夫：隨時。妳聽，這不是一輛馬車過來了嗎？不是。

朵拉：坐下吧。耐心點。

安南科夫：炸彈呢？

朵拉：坐下吧。我們現在什麼也做不了。

安南科夫：可以做的就只是羨慕他們。

朵拉：你的位置在這裡。你是首領。

安南科夫：我是首領。但雅奈克比我優秀，或許是他將會……

朵拉：大家都冒著同樣的風險，投炸彈與沒投炸彈的人都一樣。

安南科夫：風險最終是一樣的，但就此刻來說，雅奈克和阿列克西是在火線上。我知道不應該和他們身在一起。然而有時候，我害怕自己太輕易同意我的角色。說到底，被迫不去投擲炸彈，終究是容易做到的。

朵拉：那又如何？重點是你做應當做的事，而且貫徹到底。

安南科夫：妳多麼鎮定！

朵拉：我並不鎮定，我很害怕。我和你們在一起三年了，製造炸彈也兩年了。我執行了所有命令，相信沒有任何遺漏。

安南科夫：當然，朵拉。

朵拉：但是呢，我已經害怕了三年，這害怕是連睡覺都不曾稍稍放手，早上一醒又立刻回來，所以我必須去習慣它。我學會在最害怕的時候要保持鎮定。這沒有什麼可驕傲的。

安南科夫：正相反，妳應該驕傲。我呢，我對自己什麼都沒有控制。妳可知道我好留戀過去的日子，閃亮的生活、女人……是的，我以前喜歡女人、美酒、夜夜笙歌。

朵拉：我也猜到了，波里亞。這也是為什麼我這麼愛你。你的心沒有死，即使它還妄想著歡愉，終究比處於恐怖的沉默來得好，有時，這沉默甚至取代了吶喊。

安南科夫：妳說什麼？妳？怎麼可能？

朵拉：你聽。

朵拉猛然站起來。一陣馬車聲，隨後又恢復寂靜。

朵拉：不，不是他。我的心怦怦跳。你看，我還是什麼都沒學到。

安南科夫：（走到窗邊）注意。史代潘打了暗號。是他。

遠處一陣馬車聲果然愈駛愈近，經過窗下，又漸漸駛遠。一陣長時間沉默

安南科夫：再過幾秒鐘……

兩人聆聽。

安南科夫：時間可真長啊。

朵拉做了個手勢。一陣長時間沉默。聽見遠處教堂鐘聲響起。

安南科夫：這不可能。雅奈克早該已經丟出炸彈了……馬車現在應該抵達劇

院了。阿列克西呢？妳看！史代潘往回跑，朝著劇院跑去。

朵拉：（衝向他）雅奈克被捕了。他被捕了，肯定是這樣。得想點辦法。

安南科夫：等等。（聆聽）不，結束了。

朵拉：怎麼回事？雅奈克什麼都還沒做就被捕了！我知道他全豁出去了。他要的是入獄、審判。但那是要在殺掉大公之後！不是像這樣，不，不是像這樣！

安南科夫：（看著窗外）瓦洛夫！快！

朵拉去開門。

瓦洛夫上場，整張臉變了樣。

安南科夫：阿列克西，快說。

瓦洛夫：我根本不知道。我等著第一枚炸彈，卻看見馬車拐了彎，什麼都沒發生。我不知如何是好。我還以為你在最後一刻改變了計畫，所以猶豫了起來。然後我就一路跑回來……

安南科夫：那雅奈克呢？

瓦洛夫：我沒看見他。

朵拉：他被捕了。

安南科夫：（一直看著窗外）他回來了！

安南科夫繼續看著窗外。卡利亞耶夫上場，淚流滿面。

卡利亞耶夫：（失魂落魄）兄弟們，原諒我。我未能做到。

朵拉走向他，拉起他的手。

朵拉：　不要緊。

安南科夫：　怎麼回事？

朵拉：　（對卡利亞耶夫說）不要緊。有時候，到了最後一刻，會前功盡棄。

安南科夫：　但這不可能啊。

朵拉：　別再問他了。你不是唯一一個，雅奈克。史維哲第一次也未能做到。

安南科夫：　雅奈克，你害怕了？

卡利亞耶夫：（跳起來）害怕，不。你沒權利這麼說！

有人依暗號敲門。在安南科夫的示意下，瓦洛夫下場。卡利亞耶夫疲憊消沉。一陣沉默。史代潘上場。

安南科夫：　怎麼了？

史代潘：　大公的馬車上載有孩童。

安南科夫：孩童？

史代潘：對。大公的侄兒和侄女。

安南科夫：根據奧爾洛夫的情報，大公應該是獨自一人。車上還有大公夫人。我猜想對我們詩人來說，人太多了。幸好便衣警察什麼也沒發覺。

史代潘：

安南科夫和史代潘低聲談話。所有人的眼光集中在卡利亞耶夫身上。卡利亞耶夫抬起頭看著史代潘。

卡利亞耶夫：（失魂落魄）我無法料到……孩子，尤其是孩子。你曾仔細看過孩童嗎？有時候他們會出現那種嚴肅眼神……我永遠無法忍受那種眼神……然而，一秒鐘之前，我在小廣場的角落暗處，感到幸福。當我看見馬車燈在遠處閃耀，心臟雀躍得怦怦跳，這我可以發誓。馬車的車輪聲愈來愈響，我的心也跳得愈來愈猛烈。心跳在我身上如此怦然，我真想蹦起來。我想我還笑了，還說：「對啊，對啊」……你明白嗎？

（他把眼神從史代潘身上移開，又回復消沉的樣子。）

我跑向馬車。就在那時，我看見他們。他們都沒有笑，筆直坐著，眼神空洞。他們的樣子多麼沉鬱啊！他們失落在寬大的衣服裡面，雙手放在大腿上，上身直挺挺坐在兩側靠車門的座位上！我沒看見大公夫人。我只看見孩子。倘若他們朝我看了，我想我會投擲出炸彈。至少撲滅那沉鬱的眼神。但是他們一直注視著前方。

（他抬眼看著其他人。一陣沉默。他的聲音更低沉了。）

所以，我也不知道發生了什麼。我的手臂軟了下來，我的雙腿顫抖。一秒鐘之後，已經太遲了。（一陣沉默。他看著地上）朵拉，那時我好像聽到教堂鐘聲，那是在做夢嗎？

朵拉：　不是，雅奈克，你不是做夢。

她把手放在他手臂上。卡利亞耶夫抬起頭，看見所有人都看著他。他站起來。

卡利亞耶夫：看著我，兄弟們，看著我，波里亞，我不是懦夫，我沒有退縮。我沒料到他們會出現。一切都發生得太快。那兩張嚴肅的小臉龐，我手裡這炸彈如此沉重。這顆炸彈要往他們身上投去，就這樣，筆直丟出。喔，不！我做不到。

（他輪流注視每一個人。）

以前，我在我們烏克蘭家鄉趕車時，像陣風似的，什麼都不怕。天不怕地不怕，只怕撞到孩子。我想像撞擊的情景，脆弱的小腦袋凌空跌下撞著路面……

（他住口。）

幫幫我……

（一陣沉默。）

我本想自我了斷。但是我還是回來了，因為我覺得對你們有責任，只有你們是我的審判官，你們能告訴我，我是做對了還是做錯了，你們不會錯的。但現在你們一言不發。

（朵拉靠近他，幾乎要摸到他。他看著他們，用沮喪的聲音說著——）

我的建議是：如果你們決定必須殺掉那兩個孩子，我就去守住劇院門口，獨自把炸彈去到馬車上。我知道我不會投不準。只要你們決定，我會服從組織。

史代潘：組織之前就已命令你殺掉大公。

卡利亞耶夫：沒錯。但它沒要求我殺害孩子。

安南科夫：雅奈克說的沒錯。這情況是在預料之外。

史代潘：他應該服從命令。

安南科夫：我是負責人。當初應該一切都要預料到，任何人執行任務時都不能有猶豫的地方。現在只需要決定我們要全然放棄這個機會，還是命令雅奈克守在劇院門口。阿列克西？

瓦洛夫：我不知道。我想換作我，也會和雅奈克做一樣的事。不過我對自己沒信心。（聲音降低）我的雙手會顫抖。

安南科夫：朵拉？

朵拉：（口吻激烈）我也會跟雅奈克一樣退縮。我自己都做不到的事，怎能建議別人去做呢？

史代潘：你們知道這個決定意味著什麼嗎？兩個月來冒著極大風險、排除萬難的跟監，這兩個月就白費了。艾戈爾白白被捕，里科夫白白被絞死。難道得從頭開始嗎？還要好幾個星期的監視、詭計、不斷情緒緊繃，才能找到適當時機？你們瘋了嗎？

安南科夫：兩天之後，大公還會去劇院看戲，你知道得很清楚。

史代潘：兩天之內我們很可能被捕，這話是你自己講的。

卡利亞耶夫：我去。

朵拉：等等！（對史代潘說）史代潘，你能睜著眼睛，槍口頂著孩子開槍嗎？

史代潘：只要組織下令，我就能做到。

朵拉：你為什麼閉上眼睛？

史代潘：我？我閉上眼睛？

朵拉：對。

史代潘：那麼，是為了更準確想像那個場面，以便確實回答。

朵拉：睜開眼睛吧，你瞭解哪怕有片刻組織容許孩童死在我們的炸彈下，便會喪失它的權力和影響力。

史代潘：我沒這麼多心思想這些無聊事。當我們決定忘掉孩童的那一天，我們將會成為世界的主人，革命將會勝利。

朵拉：那一天，革命也會被全人類憎恨。

史代潘：那又何妨，只要我們深愛革命，就能讓全人類接受革命，將全人類拯救出奴役的狀態。

朵拉：如果全人類都摒棄革命呢？如果你為之戰鬥的整體國民都拒絕孩童被殺害呢？還是要衝擊全國人民嗎？

史代潘：對，如果必要的話，要直到人民明白為止。我也一樣，我熱愛人民。

朵拉：愛的面貌不是這樣。

史代潘：這是誰說的？

朵拉：我，朵拉，說的。

史代潘：妳是個女人，妳對愛的理解糟透了。

朵拉：（激烈地）但是我對羞恥有準確的理解。

史代潘：我只有一次對自己感到羞恥，而且是別人造成的，那就是我受鞭打的時候。他們鞭打我，你們知道鞭子是什麼滋味嗎？那時薇拉就在我旁邊，為了抗議而自殺了。我呢，我活下來了。現在我還有什麼可羞恥的呢？

安南科夫：史代潘，這裡所有的人都愛你、尊敬你。但是不管你提出的理由是什麼，我都不能任由你說任何手段都是允許的。我們數百位兄弟之所以犧牲，就是要讓世人知道，並不是一切手段都是允許的。

史代潘：只要對我們革命事業有利的，都不該禁止。

安南科夫：（氣憤）像艾弗諾建議的那樣，潛伏進警察局，扮演兩面人，也可以嗎？你會做嗎？

史代潘：如果有必要，我會。

安南科夫：（站起身）史代潘，鑑於你為我們、和我們一起做的事，我們會忘掉你剛才說的話。你只要記得這一點就好。現在要知道的是，史代潘：待會兒我們是否要對那兩個孩子投擲炸彈。孩子！你們滿口就只有這個字眼。你們難道什麼都不懂嗎？就因為雅奈克沒殺掉那兩個，成千上萬的俄國孩童將會持續很多年死於飢餓。你們看過餓死的孩童嗎？我看過。比起餓死，被炸死簡直幸運無比。但是雅奈克沒看過餓死的孩子，他只看到大公那兩隻訓練有素的小狗。難道你們不是人嗎？你們只看見眼下這一刻嗎？那你們就選擇慈善、只是治療每天的病痛吧，而不是選擇可以治療目前和未來一切苦痛的革命事業。

朵拉：雅奈克答應去殺掉大公，因為大公的死，能讓俄國孩童不再餓死的時代加速來到。這已經是不容易的任務。但是殺掉大公的兩個侄子，並不會阻止任何孩子餓死。即使在毀滅行動中，也有秩序，也有限度。

史代潘：（激烈地）沒有限度。事實是你們不相信革命。（除了雅奈克，所有人都站起來）你們不相信革命。如果你們全然相信，徹底相信，如果你們確信經由我們的犧牲和我們的勝利，我們能夠建立一個從專制政權解放出來的俄國，這片自由的土地終將覆蓋全世界。如果你們不懷疑這一點，那麼，人終將擺脫主人、擺脫成見，把他們真正神的面孔抬起來仰望天，那麼，兩個孩子的死又有什麼分量呢？到時候，你們也會認可任何手段都是允許的，聽清楚了，任何手段。如果這個死亡阻止你們行動，那就表示你們不確定有權使用這個手段。你們不相信革命。

一陣沉默。卡利亞耶夫站起。

卡利亞耶夫：史代潘。我感到羞愧，然而我不能任由你說下去。我接受殺人的任務，是為了推翻專制政權。然而你的話也顯露了一種專制主義，倘若它建立起來了，就會把我變成謀殺者，而我試著要做的是伸張正義者。

史代潘：只要正義被實現，就算被謀殺者所實現，你是不是伸張正義者又有何重要。你和我，我們什麼都不算。

卡利亞耶夫：我們當然算什麼，這點你非常清楚，因為你今天講的話，就是以人的尊嚴的名義。

史代潘：我的尊嚴只關係到我個人。然而，那些人民的尊嚴、他們的反抗、他們遭受到的不公不義，這些，是我們所有人的事。

卡利亞耶夫：人不僅僅靠正義活著。

史代潘：當他們的麵包都被搶走的時候，不靠正義，還能靠什麼活下去呢？

卡利亞耶夫：靠正義和清白。

史代潘：清白？我或許知道它是什麼，但選擇無視它，而且還要讓成千上萬的人都無視它，直到這兩個字具有更大意義的那一天為止。

卡利亞耶夫：必須確信那一天必定會到來，才能否認一切讓人樂於活下去的東西。

史代潘：我確信那一天必定會到來。

卡利亞耶夫：你不可能確信。要弄清是你還是我有理，或許得犧牲三個世代的人、經歷好幾次戰爭、激烈的革命。等到這腥風血雨在大地上乾了，你和我都早已化為塵土。

史代潘：會有後起之士，我會像兄弟般向他們致敬。

卡利亞耶夫：（大喊）後起之士……對！但是我呢，我熱愛今日和我活在同一塊土地上的人們，我致敬的是他們。我是為了他們鬥爭、為他們願意赴死。如果是為了一個沒有把握的遙遠國度，我不會去掌摑自己兄弟的臉。我不會為了一個死去的正義，再增添新的不正義。（聲音降低，但語氣堅定）兄弟們，我要開誠布公，至少要告訴你們任何一個最單純的農民都會講的話：殺害孩子違反榮譽。如果在我有生之年，革命背離了榮譽，那我會放棄革命。如果你們做出決定，我待會兒會去劇場門口，但我會衝到馬蹄下。

史代潘：榮譽是個奢侈品，只保留給坐馬車的人。

卡利亞耶夫：不。榮譽是窮人最後的財富。這一點你非常清楚，你也知道，革命中有榮譽。我們就是為了這榮譽甘願犧牲。史代潘，這就是讓你從鞭子下昂然站起，今天還能侃侃而談的原因。

史代潘：（大喊）閉嘴。我不准你提這個。

卡利亞耶夫：（憤怒地）我為什麼要閉嘴呢？我都任由你說我不相信革命了。那等於是說我可以無端殺害大公，我是個殺人兇手。我都任由你這樣講了，並沒有揍你。

安南科夫：雅奈克！

史代潘：殺得不徹底，往往等同無端殺人。

安南科夫：史代潘，這裡沒有人認同你的看法。決定已經做出。

史代潘：那我服從決定。但是我還是要說，恐怖活動不適合纖細敏感的人。我們是謀殺者，這是我們的選擇。

卡利亞耶夫：（怒不可遏）不。我選擇赴死，正是為了謀殺不能得逞。我選擇做清白的人。

安南科夫：雅奈克、史代潘，夠了！組織決定，殺害那兩個孩童是無益的。必須重新跟監，必須做好準備，兩天後重新行動。

史代潘：如果孩子又出現呢？

安南科夫：我們就再等下個時機。

史代潘：如果大公夫人陪同大公呢？

卡利亞耶夫：我不會放過。

安南科夫：你們聽。

一陣馬車聲。卡利亞耶夫無法克制地走向窗邊。其他人在原地等著。馬車駛近，經過窗下，又逐漸消失。

瓦洛夫：（看著朝他走過來的朵拉）重新開始，朵拉……

史代潘：（鄙夷地）是啊，阿列克西，重新開始……為了榮譽，總得做點事啊！

落幕。

第三幕

同樣地點、同樣時間，兩天之後。

史代潘：瓦洛夫在幹什麼？他早該到了。

安南科夫：他需要睡眠。我們還有半個鐘頭。

史代潘：我可以去探探情況。

安南科夫：不必。必須少冒風險。

一陣沉默。

安南科夫：雅奈克，你怎麼一句話也不說？

卡利亞耶夫：我沒什麼可說的。別擔心。

門鈴響。

卡利亞耶夫：他來了。

瓦洛夫上場。

安南科夫：你睡覺了嗎？

瓦洛夫：嗯，睡了一下。

安南科夫：睡了一整夜？

瓦洛夫：沒有。

安南科夫：要睡足。還是有辦法入睡的。

瓦洛夫：我試過了。我疲倦過度了。

安南科夫：你的手在抖。

瓦洛夫：沒有。

（大家都看著他。）

你們盯著我幹嘛？疲倦也不行嗎？

安南科夫：疲倦當然可以。我們是關心你。

瓦洛夫：（突然激動起來）前天就應該關心了。要是兩天前投擲了炸彈，我們就不會這麼累了。

卡利亞耶夫：原諒我，阿列克西。我把事情變得更困難了。

瓦洛夫：（聲音放低）誰這麼說了？為什麼變得更困難了？我只是很疲倦，如此而已。

朵拉：現在一切會進行得很快。一個鐘頭之後就會結束了。

瓦洛夫：是啊，將會結束。一個鐘頭之後……

他環視四周。朵拉走向他，拉起他的手。他任由她拉起手，繼而又猛然抽開。

瓦洛夫：波里亞，我想跟你談談。

安南科夫：單獨嗎？

瓦洛夫：單獨。

他們彼此注視。卡利亞耶夫、朵拉和史代潘下場。

安南科夫：什麼事？

（瓦洛夫沉默不語。）

說吧，我拜託你。

瓦洛夫：我覺得羞恥，波里亞。

（一陣沉默。）

我覺得羞恥。我應該對你說真話。

安南科夫：你不想投擲炸彈？

瓦洛夫：我無法投擲炸彈。

安南科夫：你害怕？是因為害怕？沒什麼好羞恥的。

瓦洛夫：我害怕，並且因為害怕而羞愧。

安南科夫：可是前天，你興高采烈而且充滿力量。你離開的時候，眼神閃閃發光。

瓦洛夫：我一直以來都害怕。前天我鼓起了全身勇氣罷了。當我聽到馬車聲遠遠駛來，我對自己說：「衝吧！再一分鐘就結束了。」我咬緊牙關，全身所有肌肉緊繃。我那時會狠狠丟出炸彈，大公一被砸穩死無疑。我等待第一聲爆炸，好讓我全身積聚的力量猛然爆發。之後，沒有任何動靜。馬車已駛到我前面，速度多快啊！一下子就從我旁邊過去了。我才明白雅奈克沒丟出炸彈。那時，我突然全身一陣刺骨寒冷，剎那間覺得自己脆弱得像個孩子。

安南科夫：這沒什麼，阿列克西。生活會再回到過去。

瓦洛夫：這兩天過去了，生活並沒有回來。我剛對你說了謊，我一夜沒睡。我的心臟跳得太厲害。喔！波里亞，我陷入絕望。

安南科夫：你不該陷入絕望。我們也曾經跟你一樣。這次你別投擲炸彈了。到芬蘭休息一個月，之後再回來加入我們。

瓦洛夫：不，不是這麼回事。我要是現在不投擲炸彈，以後就永遠投擲不了了。

安南科夫：為什麼？

瓦洛夫：我不適合恐怖行動，現在我知道了。我最好離開你們。我可以到委員會裡戰鬥，做宣傳工作。

安南科夫：冒的危險是一樣的。

瓦洛夫：沒錯，但可以閉著眼睛幹，什麼也不知道。

安南科夫：這是什麼意思？

瓦洛夫：（激動地）我們什麼也不知道。開開會、討論情勢、下達執行指令，這很容易。當然也冒著生命危險，但是是在摸索中進行，什麼也看不見。然而，當夜色降臨城市的時候，自己站在那裡，周遭的人們腳步匆匆急著回家，家裡有熱呼呼的湯、孩子和熱情的妻子，我站在那裡，一聲不響，手裡拿著沉甸甸的炸彈，知道再過三分鐘、兩分鐘、幾秒鐘，就要衝向一輛金光閃閃的馬車，這就是恐怖。我現在知道，如果要再來一次，我一定會嚇得全身失血。是的，我很羞愧。我太好高騖遠。我必須在自己位置上老實做事，一個卑微的位置。和我相符的只是一個卑微的位置。

安南科夫：沒有任何位置是卑微的。最後等待的都是監獄和絞架。

瓦洛夫：但是我們不會看見監獄和絞架，只能憑想像，不像我們會看見自己要殺掉的那個人。幸好我沒什麼想像力。（他神經質地笑）我之前都還無法相信有祕密警察呢。對一個恐怖分子來說，這很奇怪吧？要等肚子上挨了一腳，才會相信，在此之前都無法相信。

安南科夫：一旦入獄的話呢？在監獄裡，就會知道、就會看到。那就再也忘不了了。

瓦洛夫：進了監獄，就沒有決定可做了。是的，就是這個，不用再做決定了！不必再對自己說：「衝吧，現在看你的了，你必須決定哪一秒衝出去。」我現在確定，如果被抓入獄的話，我不會嘗試越獄。要越獄，就又得想出花招，又得主動。如果不打算越獄，主動的是別人。全部由他們決定。

安南科夫：有時候，他們的決定就是絞死你們。

瓦洛夫：（絕望地）有時候是這樣。然而，比起承擔著我的命和伸手可及的對方的命，要決定把這兩條命推進火焰裡的時刻，死對我來說還比較不困難。不，波里亞，我唯一贖罪的方法，就是接受我就是這樣的人。

（安南科夫沉默不語。）

即使懦弱的人，也能為革命效力。只要找到適當的位置。

安南科夫：那麼，我們都是懦夫。但是我們不一定有證實的機會。你想怎麼做就怎麼做吧。

瓦洛夫：我希望立刻離開。我覺得無法面對他們。但是你可以跟他們說。

安南科夫：我會跟他們說。

他朝他走去。

瓦洛夫：告訴雅奈克，不是他的錯。還有，我愛他，如同我愛你們大家。

一陣沉默。安南科夫擁抱他。

安南科夫：永別了，兄弟。一切都將結束。俄國必將幸福。

瓦洛夫：（逃離）喔，是的。願俄國幸福！願俄國幸福！

安南科夫走到門口。

安南科夫：進來吧。

大家和朵拉一起上場。

史代潘：怎麼了？

安南科夫：瓦洛夫不投擲炸彈了。他筋疲力盡，這樣不保險。

卡利亞耶夫：是我的錯，對吧，波里亞？

安南科夫：他要我轉告你，他愛你。

卡利亞耶夫：我們還見得到他嗎？

安南科夫：或許吧。但目前他離開我們了。

史代潘：　為什麼？

安南科夫：　他到委員會去會更派得上用場。

史代潘：　是他要求的嗎？他膽怯了？

安南科夫：　不是。一切是我的決定。

史代潘：　現在要發動行動，你卻又減少了我們一個人員。

安南科夫：　要發動行動的時刻，我必須獨自決定。現在再討論太遲了。我代替瓦洛夫的位置。

史代潘：　應該是輪到我。

卡利亞耶夫：（對安南科夫）你是首領，你的職責是守在這裡。

安南科夫：　首領有時應當當懦夫，但是得在必要時印證他的堅定。我已經決定了。史代潘，在這段時間，你先代替我的位置。來，你應當先瞭解各種指示。

兩人下場。卡利亞耶夫走去坐下。朵拉走向他，伸出一隻手，又改變心意。

朵拉：　不是你的錯。

卡利亞耶夫：我傷害了他，傷得很深。妳知道那天他跟我說什麼嗎？

朵拉：　他不斷重複說他很幸福。

卡利亞耶夫：對，但他跟我說，離開我們這個團體，就沒有幸福可言。他說：「除了我們組織，什麼都沒有。這是騎士團。」多可憐啊，朵拉！

朵拉：　他會回來的。

卡利亞耶夫：不。將心比心去體會他的感覺，要是我，會覺得絕望。

朵拉：　現在呢，你不絕望嗎？

卡利亞耶夫：（悲傷地）現在？我和你們在一起，就像他本來一樣感到幸福。

朵拉：　（緩慢地）這是莫大的幸福。

卡利亞耶夫：這是極大的幸福。妳跟我想的不是一樣嗎？

朵拉：我跟你想的一樣。那麼你為什麼悲傷呢？兩天前你還容光煥發，彷彿正要前去參加一場盛會。然而今日……

卡利亞耶夫：（站起來，非常激動）今日，我知道了我之前所不知的事。妳當初說得對，事情沒那麼簡單。我本以為殺人很簡單，有理念就足夠，再加上勇氣。但是我沒有那麼崇高，我現在知道了，仇恨之中沒有幸福可言。這一切的惡，這在我身上和其他人身上一切的惡。謀殺、懦弱、不公不義……喔，我一定、一定要把它消滅……但我會堅持到底！比仇恨到的地方更遠！

朵拉：更遠？那裡什麼都沒有。

卡利亞耶夫：有愛。

朵拉：愛？不，需要的不是這個。

卡利亞耶夫：喔，朵拉，妳怎麼能這麼說？我瞭解妳的心……

朵拉：有太多的血，太多的殘酷暴力。真正熱愛正義的人，沒有權利去愛。他們都被訓練成我這個樣子，昂起頭，目不斜視。在這些豪氣干雲的心中，哪會想到愛？愛會慢慢讓頭低下，雅奈克，而我們，我們都是硬頸不低頭的。

卡利亞耶夫：但是我們愛人民。

朵拉：我們愛人民，的確如此。我們對人民的愛很博大，但沒有依靠，是一種不幸的愛。我們遠離人民，關在我們的房間裡，沉陷在我們的理念中。然而，人民呢，他們愛我們嗎？你可知他們愛我們嗎？人民都不發聲。多麼大的沉默，多麼大的沉默……

卡利亞耶夫：但這就是愛，全部給予，全部犧牲，不求回報。

朵拉：或許吧。這是絕對的愛，純然而孤獨的喜樂，這的確就是讓我不顧一切的愛。然而某些時候，我自問愛真的是這樣嗎，是否該停止這種單向獨白，是否偶爾也會有一點回應呢。我想像的是，你瞧：陽光閃耀，人的頭緩緩低下，心擺脫傲氣，張開雙臂。啊！雅奈克，倘若我們能忘記這世間的殘酷悲慘，哪怕一個鐘頭都好，放掉一切。短短一個鐘頭的自私，你能夠這樣想嗎？

卡利亞耶夫：能。朵拉，這叫作溫情。

朵拉：你什麼都猜想得到，親愛的，這叫做溫情。但你真的知道溫情是什麼嗎？你是懷著溫情去愛正義嗎？

（卡利亞耶夫沉默不語。）

你對人民的愛，是源源不絕的溫情，或是相反，帶著復仇和反抗的火焰呢？（卡利亞耶夫依然沉默）你看吧。（她走向他，以微弱的音調）那對我呢，你帶著溫情愛我嗎？

卡利亞耶夫凝視著她。

卡利亞耶夫：（一陣沉默之後）沒有人會像我這樣愛妳。

朵拉：　　我知道。但是，跟大家一樣的方式去愛，豈不是更好嗎？

卡利亞耶夫：我不是隨便什麼人。我以我的方式愛妳。

朵拉：　　你愛我勝於愛正義、勝於愛組織嗎？

卡利亞耶夫：我並不把妳、組織和正義分開。

朵拉：　　對，不過回答我，求求你，回答我。你會在孤獨中，懷著溫情、懷著私心愛我嗎？如果我是不正義的人，你還會愛我嗎？

卡利亞耶夫：如果妳是不正義的人，而我還愛妳，那我愛的就不是妳。

朵拉：　　你並沒有回答我。你只要告訴我，如果我不在組織裡，你還會愛我嗎？

卡利亞耶夫：妳不在組織，會在哪裡呢？

朵拉：　　我記得大學時候，開懷歡笑。我那時青春美麗，經常好幾個鐘頭散步、夢想。如此輕佻而無憂的我，你會愛嗎？

卡利亞耶夫：（遲疑一下，然後低聲說）我非常渴望跟妳說「會」。

朵拉：（大喊）如果你是這樣想、如果這是真的，那就說「會」吧，親愛的。「會」，面對正義、面對苦難和受枷鎖的人民。求求你，說「會」、「會」，不管那些瀕死的孩童、被絞死的、被鞭打致死的人……

卡利亞耶夫：別再說了，朵拉。

朵拉：不，至少讓心暢所欲言一次。我等待你呼喚我，我，朵拉，你呼喚我比呼喚這個被非正義荼毒的世界還要強烈……

卡利亞耶夫：（粗暴地）別再說了。我的心裡只有妳。但是待會兒的行動，我不能動搖顫抖。

朵拉：（失神）待會兒？對，我忘了……（她笑起來，卻像哭一樣）不，這樣很好，親愛的。別生氣，我剛才太不理智了。因為太累的關係吧。如果是我，我也說不出「會」。在正義與監牢中，我對你的愛也同樣固執不變。夏天，雅奈克，你記得嗎？啊，不，這是永恆無盡的冬天。我們不屬於這個世界，我們是正義者。世上有溫暖，但不屬於我們。（轉過身去）啊！可憐可憐正義者吧！

卡利亞耶夫：（絕望地看著她）對，這是我們要接受的部分，愛是不可能的。但是我會殺掉大公，到時候，妳和我都會得到安寧。

朵拉：安寧！我們何時能得到安寧呢？

卡利亞耶夫：（激烈地）殺掉大公的次日。

安南科夫和史代潘上場。朵拉和卡利亞耶夫彼此分開。

安南科夫：雅奈克！

卡利亞耶夫：來了。（深深呼口氣）終於，終於……

史代潘：（朝卡利亞耶夫走去）別了，兄弟，我與你同在。

卡利亞耶夫：別了，史代潘。（他轉頭朝向朵拉）別了，朵拉。

朵拉走向他，兩人靠得很近，但並未觸及。

朵拉：不，不要說「別了」，要說「再見」。再見，親愛的。我們會再相見。

他凝視她。一陣沉默。

卡利亞耶夫：再見。我……俄國將是美好的。

朵拉：（滿眼淚水）俄國將是美好的。

卡利亞耶夫對著聖像畫了個十字。他和安南科夫一起下場。

史代潘走到窗口。朵拉一動不動，一直盯著房門。

史代潘：他走路多挺直啊。妳看，當初我錯了，不該不信任雅奈克。我本來不喜歡他那種熱情。他畫了十字，妳看到了嗎？他是信徒？

朵拉：他不做宗教儀式。

史代潘：然而，他有個宗教的靈魂。這正是我們的差異點。我很清楚，我比他激烈。對我們不信上帝的人來說，若沒有全然的正義，就是絕望。

朵拉：對他來說，正義本身就是絕望的。

史代潘：對，他是個脆弱的靈魂，但手卻堅定有力。他比他的靈魂來得堅強。毫無疑問，他會殺了他。這樣很好，甚至非常好。摧毀，這是必需的。但是妳怎麼不說話？（他打量著朵拉）妳愛他？

朵拉：愛是需要時間的。我們的時間連尋求正義都不夠。

史代潘：有道理。要做的事太多了，必須徹底摧毀這個世界……之後……（走到窗邊）看不見他們了，他們已經到達位置了。

朵拉：之後呢……

史代潘：我們才彼此相愛。

朵拉：如果我們還活著的話。

史代潘：那麼其他的人彼此相愛。那也一樣。

朵拉：史代潘，說「仇恨」。

史代潘：什麼？

朵拉：這兩個字，「仇恨」，你說出來。

史代潘：仇恨。

朵拉：很好。雅奈克對這兩個字就發音很糟糕。

史代潘：（沉默了一下，然後走向她）我瞭解：妳鄙視我。然而，妳確定自己有理嗎？（一陣沉默，接著以愈來愈激烈的聲調）你們全都以卑鄙的名義，和自己從事的事業討價還價，但是我呢，我什麼都不愛，我仇恨，沒錯，我恨我的同類！我要他們的愛做什麼？三年前，在牢獄裡我就領教過這種愛。而這三年來，它一直壓在我身上。妳要我軟化下來，抱著炸彈像拖著十字架嗎？不！不！我已經走得太遠了，知道得太多了……妳瞧……

（他撕開襯衫。朵拉朝他做了個手勢，但看到他身上的鞭痕便往後退。）

這就是印記！他們的愛的印記！妳現在還鄙視我嗎？

朵拉走向前，突然擁抱他。

朵拉：有誰會鄙視痛苦呢？我也愛你。

史代潘：（看著她，聲音低沉地說）原諒我，朵拉。（停頓。他轉過身）

或許是疲倦的關係吧。這麼多年來的戰鬥、擔憂、祕密警察、牢獄……最後，還有這個。（他指著鞭痕）我去哪裡找愛的力量呢？至少我還剩下恨的力量。這總比什麼感覺都沒有要好。

朵拉：是，比較好。

他看著她。七點鐘的鐘聲響起。

史代潘：（猛然轉過身）大公要經過了。

朵拉走到窗邊，貼著窗戶。一陣長時間沉默。接著，遠處傳來馬車聲，漸漸駛近，經過窗下。

史代潘：他如果是獨自一人……

馬車漸漸駛遠，一聲巨大的爆炸聲。朵拉驚跳起來，雙手抱著頭。一陣長長的沉默。

史代潘：波里亞沒投炸彈！雅奈克成功了。成功了！喔，人民啊！喔，高興啊！

朵拉：（淚流滿面，撲向史代潘）是我們殺了他！是我們殺了他！是我殺了他！

史代潘：（大喊）我們殺了誰？雅奈克？

朵拉：大公。

落幕。

第四幕

布帝基監獄，普卡切夫塔樓裡的一間牢房。
早晨。

幕升起，卡利亞耶夫在牢房裡，看著牢房門。獄卒和一名提著水桶的囚犯上場。

獄卒：　打掃，動作快。

他走到窗邊。弗卡開始打掃，看也沒看卡利亞耶夫一眼。一陣沉默。

卡利亞耶夫：你叫什麼名字，兄弟？

弗卡：　弗卡。

卡利亞耶夫：你被判刑了？

弗卡：　看來是這樣。

卡利亞耶夫：你做了什麼？

弗卡：　我殺了人。
卡利亞耶夫：你是因為飢餓嗎？
獄卒：　小聲點。
卡利亞耶夫：什麼？
獄卒：　小聲點。我不顧規定，讓你們談話。那就小聲點。學老頭那樣。
卡利亞耶夫：是因為飢餓嗎？
弗卡：　不是，是因為渴。
卡利亞耶夫：所以呢？
弗卡：　所以，旁邊有一把斧頭。我就全砍了，好像砍死了三個。

卡利亞耶夫看著他。

弗卡：　怎麼樣，貴老爺，你不再叫我兄弟了吧？這下子冷掉了吧？

卡利亞耶夫：不。我也殺了人。

弗卡：幾個？

卡利亞耶夫：如果你想知道，我會告訴你，兄弟。不過，先回答我，你後悔做過的事，是不是？

弗卡：當然了，判二十年，代價昂貴。當然會後悔啦。

卡利亞耶夫：二十年。我二十三歲進來，出去時頭髮都該花白了。

弗卡：喔！或許你的情況會比較好。法官情緒有高有低。這要看他結婚了沒、老婆是誰。而且，你是貴老爺，跟窮鬼的價碼不一樣。你會逃過一劫的。

卡利亞耶夫：我不相信。而且我也不要。我無法忍受恥辱二十年。

弗卡：恥辱？什麼恥辱？唉，這些都是貴老爺的想法。你殺了幾個？

卡利亞耶夫：就一個。

弗卡：你說什麼？那根本不算什麼。

卡利亞耶夫：我殺了謝爾日大公。

弗卡：大公？啊！還真敢。瞧瞧你們這些貴老爺！告訴我，這嚴重嗎？

卡利亞耶夫：很嚴重，但是不得不然。

弗卡：為什麼？你是在宮廷裡的人嗎？是因為女人吧，嗯？你長得這麼俊俏……

卡利亞耶夫：我是社會黨人。

獄卒：小聲點。

卡利亞耶夫：（更大聲）我是社會革命黨人。

弗卡：這又是什麼玩意兒。你有必要當你說的那什麼人嗎？只要老老實實待著，一切都會好轉。這世界是屬於貴老爺的。

卡利亞耶夫：不，這世界屬於你。這世上有太多的貧困和太多的罪行，當貧困減輕，罪行也會減少。如果世界是自由的，你就不會在這裡了。

弗卡：這也難說。總之，不管自由不自由，貪杯總不是好事。

卡利亞耶夫：不是好事，只不過喝酒是因為受屈辱。總有那麼一天，再也不需要喝酒了，再也不會有人受屈辱了，再也沒有貴老爺或窮鬼。我們所有人都是兄弟，正義會讓我們的心清明無瑕。你知道我在說什麼嗎？

弗卡：知道，你說的是天國。

獄卒：小聲點。

卡利亞耶夫：你不應這麼說，兄弟。上帝無能為力。正義是我們自己的事！（一陣沉默）你不明白嗎？你聽過聖迪米希的傳說嗎？

弗卡：沒聽過。

卡利亞耶夫：他和上帝約好在大草原上見面，正急忙趕去的路上，看見一個農民的車子陷在泥坑裡。聖迪米希上前幫忙。泥又黏、坑又深，奮戰了一個鐘頭。幫完忙，聖迪米希跑到約會地點，但上帝已經不在那裡了。

弗卡：　所以呢？

卡利亞耶夫：所以，總是有那些遲到的人，因為有太多陷入泥坑的馬車和太多的兄弟要救助。

弗卡往後退。

卡利亞耶夫：怎麼了？

獄卒：　小聲點。喂，老頭，動作快點。

弗卡：　我不信。這一切都不對勁。沒有人會有這種念頭，為了聖人和馬車這些勞什子甘願蹲牢房。何況，還有別的原因……

獄卒笑起來。

卡利亞耶夫：什麼原因？

弗卡：殺死大公的人，會被怎麼處置？

卡利亞耶夫：會被絞死。

弗卡：啊！

他急著離開，獄卒笑得更大聲了。

卡利亞耶夫：別走。我怎麼惹到你了？

弗卡：你一點都沒有惹到我。儘管你是堂堂貴老爺，但是我不能騙你。我們聊聊天打發時間可以，但是你要被絞死，那可不好。

卡利亞耶夫：為什麼？

獄卒：（笑）說啊，老頭，說啊……

弗卡：因為你不能像兄弟一樣跟我說話。是我負責絞死犯人。

卡利亞耶夫：你不也是苦役犯嗎？

弗卡：就是因為這樣。他們建議我幹這差事，絞死一個，就減我一年的刑。這是樁好買賣。

卡利亞耶夫：為了饒恕你的罪，他們讓你犯另外的罪行？

弗卡：喔，這不是罪行，只是奉令行事。何況，他們才不在乎呢。依我看，他們不是基督徒。

卡利亞耶夫：你幹了幾次了？

弗卡：兩次。

卡利亞耶夫向後退。獄卒推著弗卡走向門。

卡利亞耶夫：那麼，你是劊子手？

弗卡：（在門邊）呃，貴老爺，那你呢？

他下場。

傳來腳步聲、口令聲。

斯庫托拉夫上場，衣著華麗，獄卒陪在旁邊。

斯庫托拉夫：你可以退下了。日安，您不認識我嗎？我呢，我倒認識您。（笑）一舉成名啊，嗯？（凝視對方）且讓我自我介紹一下？（卡利亞耶夫不說話）您一句話也不說。我能理解。單獨囚禁，嗯？單人囚室裡關了八天，不好受吧。今天我們取消了單獨囚禁，會有人來探視您。對了，我就是為此而來的。我已經派弗卡來了，他非比尋常，不是嗎？我想他會讓您感興趣。您還滿意嗎？關了八天後看到人的面孔挺開心的，不是嗎？

卡利亞耶夫：那要看是什麼面孔。

斯庫托拉夫：聲音宏亮，擲地有聲。您知道自己要的是什麼。（停頓）如果我沒理解錯誤，您是討厭我的面孔囉？

卡利亞耶夫：對。

斯庫托拉夫：您看我多麼失望啊。但這只是個誤會。首先，這裡光線很暗。在地下室，誰的面孔都不會顯得和善。再說，您並不認識我。有時候，新面孔不討人喜歡，但是一旦交了心之後……

卡利亞耶夫：夠了。您是誰？

斯庫托拉夫：斯庫托拉夫，警察處長。

卡利亞耶夫：一個奴才。

斯庫托拉夫：為您效勞。不過，要是我是您，就不會表現得這麼趾高氣昂了。您或許以後就會改正。人們剛開始都爭取正義，最後自己組織警察系統。再說，真理嚇不倒我。我要向您開誠布公。我對您感興趣，我要提供您獲得赦免的方法。

卡利亞耶夫：什麼赦免？

斯庫托拉夫：什麼叫什麼赦免？我提供您一條生路。

卡利亞耶夫：有誰跟您要求了嗎？

斯庫托拉夫：人不能要求生命，親愛的。人接受生命。您從來都沒有饒恕過人嗎？（停頓）好好想一下。

卡利亞耶夫：我拒絕您的饒恕，不必再多說了。

斯庫托拉夫：至少聽聽我要說的。不管外表上是如何，我不是您的敵人。我承認您的想法也有道理。但是謀殺嘛……

卡利亞耶夫：我禁止您使用這個字眼。

斯庫托拉夫：（看著他）啊，精神脆弱，嗯？（停頓）誠心地說，我想幫助您。

卡利亞耶夫：幫助我？我已準備好付出該付的代價。但是我難以忍受您跟我套交情。請您走開吧。

斯庫托拉夫：對您的指控……

卡利亞耶夫：我糾正。

斯庫托拉夫：什麼？

卡利亞耶夫：我糾正。我是戰俘，不是被告。

斯庫托拉夫：隨便您。然而，造成了損害，不是嗎？姑且把大公和政治放一邊，終究有個人死了。死得多慘啊！

卡利亞耶夫：我的炸彈是投擲在你們的暴政上，而不是一個人身上。

斯庫托拉夫：當然。但是，那是個人被炸彈炸了，而且炸得很慘。您知道嗎，親愛的，屍體被發現時，卻沒了腦袋。腦袋不見了！剩下的也只找到一條手臂和一部分腿。

卡利亞耶夫：我那是執行判決。

斯庫托拉夫：或許吧，或許。我們不譴責您執行判決。什麼是判決呢？這是一個足以討論幾天幾夜的字眼。我們譴責您的是……喔，不，您不喜歡這個字眼……這麼說好了，做得不夠專業，手腳有點慌亂，但結果卻是清清楚楚的。這是大家都有目共睹的。可以問問大公夫人。現場有血，您明白嗎，一大片血。

卡利亞耶夫：住口。

斯庫托拉夫：好吧。我要說的只是，如果您執意要說這是判決，說是黨、僅僅是黨做出的判決和執行，說大公不是死於炸彈而是死在一種理念之下，那您就不需要赦免。但是，設想一下，把現實還原一下，設想是你把大公炸得身首異處，那一切都不一樣了，不是嗎？那您就需要被赦免了。我想要幫您，完全出於好心，請您相信這點。（他微笑）有什麼辦法呢，我對理念不感興趣，我呢，我在乎的是人。

卡利亞耶夫：（爆發）我的個人超越您和您的主子之上。你們可以殺掉我，但不能審判我。我知道你們是何居心。你們尋找一個弱點，想讓我覺得羞愧、掉淚、悔改。你們什麼都得不到。我是什麼樣的人與你們無關。和你們有關的，是我們的恨意，我的和我兄弟們的恨意。這個恨，你們要多少有多少。

斯庫托拉夫：恨？又來一個理念了。不屬於理念的，是謀殺的事實。當然，還有它造成的結果，我說的是悔改和懲罰。這才是問題的核心。這也是驅使我當警察的原因，可以置於事物的核心。但是您不喜歡聽內心話。（停頓。他緩緩走向對方）我要說的只有一句，那就是您不該假裝忘記大公的腦袋。如果您謹記這顆腦袋，理念就完全沒效了。那麼，您會對自己做的事覺得羞愧，而非自豪。一旦您覺得羞愧，就會想活下來去彌補。最重要的是您決定活下來。

卡利亞耶夫：倘若我決定活下來呢？

斯庫托拉夫：那您和您同志們會獲得赦免。

卡利亞耶夫：他們被你們逮捕了？

斯庫托拉夫：沒有。就是因為沒有。但如果您決定要活下來，我們就會去逮捕他們。

卡利亞耶夫：我沒聽錯嗎？

斯庫托拉夫：當然沒有。您先別生氣。考慮考慮。從理念的角度來看，您不能供出他們。從現實的角度來看，供出他們是幫他們的忙，讓他們避免更多麻煩，同時也就是把他們從絞架上救下來。最重要的是，您會獲得內心安寧。從各個角度來看，這都是樁絕佳的買賣。

卡利亞耶夫一言不發。

斯庫托拉夫：怎麼樣？

卡利亞耶夫：我的兄弟們會回答您，很快地。

斯庫托拉夫：又要犯罪！這真是你們的職志。好吧，我的任務結束了。我的心是悲傷的，但我知道您守著理念不放，我無法把您和理念分開。

卡利亞耶夫：您不能把我和兄弟們分開。

斯庫托拉夫：再見。（他作勢離開，又轉過身來）這一次，為什麼放過大公夫人和兩個侄兒呢？

卡利亞耶夫：誰告訴您的？

斯庫托拉夫：替你們蒐集情報的人，也提供我們情報，至少其中一部分……但為什麼放過他們呢？

卡利亞耶夫：這與您無關。

斯庫托拉夫：（微笑）您這樣認為？我來告訴您為什麼。一個理念足以殺掉大公，卻很難對孩童下手。這是您所發現的。那麼，問題就來了：如果理念無法殺害孩童，那值得為了它殺害大公嗎？

卡利亞耶夫做了個手勢。

斯庫托拉夫：喔！不要回答，千萬別回答！您之後再對大公夫人回答吧。

卡利亞耶夫：大公夫人？

斯庫托拉夫：是啊，她要見你。我是特地來看看這場談話是否可能。不只可能，甚至還可能讓您改變主意。大公夫人是基督徒。您知道，探討心靈，這可是她的專長。

他笑。

卡利亞耶夫：我不要見她。

斯庫托拉夫：很抱歉，她很堅持。何況，您還對她有所虧欠。聽說自從丈夫過世，她精神有點失常。我們不想拂逆她。（走到門邊）您要是改變了心意，別忘了我的提議。我會再回來的。（停頓。他傾聽）她來了。警察之後，宗教來了！我們還真要把您寵壞了。但是一切都環環相扣。想像一下沒有監獄的上帝，該多孤單啊！

他走出。聽到聲音、命令。

大公夫人進來，站著不動，一言不發。

門是開著的。

卡利亞耶夫：您想要什麼？

大公夫人：（掀開面紗）你看著我。

卡利亞耶夫不說話。

大公夫人：很多事隨著一個人的死而逝去了。

卡利亞耶夫：我知道。

大公夫人：（用自然、但蒼涼的低聲說）謀殺者不會知道這點。他們若知道，怎麼會去殺人呢？

一陣沉默。

卡利亞耶夫：我現在見過您了。我想一個人靜一靜。

大公夫人：不。我也想看看你。

卡利亞耶夫往後退。

大公夫人：（坐下來，好像筋疲力盡）我再也不能獨自一個人了。以前我覺得痛苦的時候，他可以看到我的痛苦，那痛苦也就是好的。現在呢……不，我再也不能獨自一個人，再也不能沉默了……但能跟誰說呢？別人不會明白的。他們裝出悲傷的面容。他們或許真的難過一兩個鐘頭，之後去吃飯、去睡覺。尤其是睡覺……我想你可能跟我很像。你難以入眠，這我很確定。除了跟謀殺者，又能跟誰談及罪行呢？

卡利亞耶夫：什麼罪行？我只記得有個正義的行動。

大公夫人：同樣的調調！你和他同樣一個調調。所有人說到正義都是同樣一個調調。他說：「這是正義！」所有人都只能住口。他或許錯了，你或許錯了……

卡利亞耶夫：他代表的是最高度的不正義，讓幾世紀以來俄國人民痛苦呻吟的不正義。而他獲得的就只有特權。而我呢，就算我錯了，監獄和死刑是我要付出的代價。

大公夫人：是的，你受折磨。但是他，你殺了他。

卡利亞耶夫：他在出其不意之下死亡。這樣的死，不算什麼。

大公夫人：不算什麼？（聲音更低）這也是。他們立刻逮捕了你，據說你在被一堆警察押解中，還發表了許多言論。我能瞭解，這能支撐你。我呢，我在幾秒鐘之後到達現場。我看到了。我把所有還能找到的殘骸放到擔架上。多少血啊！（停頓）我那天穿了一件白色洋裝……

卡利亞耶夫：住口。

大公夫人：為什麼？我說的是事實。你知道他死前兩個鐘頭在做什麼嗎？他在睡覺。坐在一張扶手椅上，兩腳搭在一張椅子上……像往常一樣。他睡著覺。而你，你等著他，在這殘酷的夜晚……（她哭泣）現在你幫幫我吧。

他往後退，身體僵直。

大公夫人：　你很年輕。你不會是個壞人。

卡利亞耶夫：我沒有時間可以年輕。

大公夫人：　你為什麼這麼僵直呢？你難道從來沒有憐憫過自己嗎？

卡利亞耶夫：沒有。

大公夫人：　你錯了。這有紓解作用。我呢，我唯一憐憫的是我自己。（停頓）我很痛苦。不應該放過我，應該把我和他一起殺死。

卡利亞耶夫：我放過的不是您，而是和你們在一起的兩個孩子。

大公夫人：　我知道。我不大喜歡他們。（停頓）他們是大公的侄兒侄女，那不是和他們的叔父一樣有罪嗎？

卡利亞耶夫：不是。

大公夫人：　你認識他們嗎？我侄女心腸不好，不肯親手把施捨交到窮人手上，怕碰觸到他們。這不是不正義嗎？他至少喜歡農民。他會和他們一起喝酒。而你殺了他。你當然也不正義。這大地一片荒蕪。

卡利亞耶夫：這是沒用的。您試著鬆懈我的力量，讓我絕望。您不會成功的。您走吧。

大公夫人：你不要和我一起祈禱，悔改嗎？……我們將不會孤單。

卡利亞耶夫：讓我好好準備赴死吧。如果我不死，那我就是個殺人犯了。

大公夫人：（直起身子）死？你要死？不。（她朝向卡利亞耶夫走去，激動萬分）你得活下去，並且承認自己是個謀殺者。你不是殺了人嗎？上帝會幫你辯護。

卡利亞耶夫：哪個上帝，我的還是您的？

大公夫人：聖教會的上帝。

卡利亞耶夫：那個教會與此無關。

大公夫人：它侍奉的主人也見識過監獄。

卡利亞耶夫：時代改變了。教會在它主人的遺產中做了選擇。

大公夫人：選擇，你要說的是？

卡利亞耶夫：它把恩典留給自己，讓我們去執行善行。

大公夫人：我們，是誰？

卡利亞耶夫：（大喊）所有被你們絞死的人。

一陣沉默。

大公夫人：（輕聲）我不是你們的敵人。

卡利亞耶夫：（絕望地）您是，就像所有你們的同類、同夥人。有件事情比當個罪犯更卑鄙，就是迫使不會犯罪的人去犯罪。看看我，我發誓我本來不是會殺人的人。

大公夫人：請您不要像對敵人那樣跟我說話。您瞧，（她去把門關上）我信任您。（她哭）血液分開我們，但您可以在上帝裡與我相合，就在發生不幸的那個地點。至少和我一起祈禱吧。*

卡利亞耶夫：我拒絕。（他走向她）我對您只有同情之心，您剛剛也觸及了我的內心。現在，您將能瞭解我，因為我不會隱藏任何東西。我對和上帝的相會再也不抱希望了。將死之際，我要赴的約是和我心愛的那些人，那些此時此刻心念著我的那些兄弟。祈禱將是背叛他們。

大公夫人：您要說的是？

卡利亞耶夫：（激昂地）沒什麼，只不過說我會幸福的。我面對一個長期的戰鬥，我會堅持下去。但是當審判下來，準備要執行的時候，在絞架下，我會轉身背棄你們，背棄這醜陋的世界，讓愛充滿我的心中。您瞭解我嗎？

大公夫人：遠離上帝，就沒有愛。

—

*此時大公夫人對卡利亞耶夫突然改變為尊稱，就在說「敵人」一詞之後。譯註。

卡利亞耶夫：有。對人類的愛。

大公夫人：人類是卑鄙的。除了毀滅、或是饒恕，還能怎麼做呢？

卡利亞耶夫：和人類一起死。

大公夫人：人死時都是孤獨的。他就是孤單死去。

卡利亞耶夫：（絕望地）和人類一起死！今日相愛的人若想相聚，就必須同死。不正義把人們分開，加諸在人身上的恥辱、痛苦、邪惡，以及罪行都把人們分開。若活著是把人與人分開，那活著就是一種酷刑。

大公夫人：上帝會聚合。

卡利亞耶夫：不會是在這塊土地上。但我和兄弟的約會是在這塊土地上。

大公夫人：那是群狗的約會，鼻子貼著地，嗅個不停，卻總是失望。

卡利亞耶夫：（轉身望向窗戶）我很快就會知道。（停頓）難道我們不能想像兩個人放棄一切歡愉，只能在痛苦裡訂定約會，並且在這痛苦裡相愛？（他看著她）難道不能想像同一條繩索牽繫著兩個人？

大公夫人：這是何種恐怖的愛？

卡利亞耶夫：您和您的同黨從來沒讓我們有機會能有其他的愛。

大公夫人：我也愛過您殺死的那個人。

卡利亞耶夫：我瞭解。因此我原諒您和您的同黨對我造成的傷害。（停頓）現在，您走吧。

很長一陣沉默。

大公夫人：（挺直身子）我會走。但是我來是為了將您帶回上帝身邊，現在我知道了。您要自我審判、自我救贖，但是您做不到。如果您活下去，上帝可以做到。我會請求上帝寬恕您。

卡利亞耶夫：我懇求您不要這麼做。讓我死，否則我會恨您到死。

大公夫人：（在門邊）我會請求人們和上帝寬恕您。

卡利亞耶夫：不，不，我禁止您這麼做。

他衝向門邊，突然撞見斯庫托拉夫。卡利亞耶夫往後退，閉上眼睛。一陣沉默。他重新睜開眼睛看著斯庫托拉夫。

卡利亞耶夫：我剛才還真需要您。

斯庫托拉夫：您這麼高興看見我，是為什麼呢？

卡利亞耶夫：我需要再次有個人來鄙視。

斯庫托拉夫：可惜。我是來聽回答的。

卡利亞耶夫：您現在有了。

斯庫托拉夫：（改變口氣）不，我還沒得到答覆。請聽好，我推波助瀾促成了這次和大公夫人的會面，是因為明天得以在報上發布這則消息。

會面消息會如實刊載，只除了一點，那就是消息上會寫您幡然悔悟。您的同志們會認為您背叛了他們。

卡利亞耶夫：（平心靜氣）他們不會相信。

斯庫托拉夫：如果您真的供認悔悟，我就不刊登這則消息。您有一夜的時間做決定。

他走向門。

卡利亞耶夫：（更大聲）他們不會相信。

斯庫托拉夫：（轉過身）為什麼？他們從來沒犯過錯嗎？

卡利亞耶夫：您不瞭解他們的愛。

斯庫托拉夫：我不瞭解。但我知道人不會一整夜堅信兄弟之情，沒有一分鐘的動搖。我會等待著動搖。（他關上身後的牢門）您不必急。我有耐心。

他們面對面。

落幕。

第五幕

另一間公寓，但同樣的風格。
一星期之後。
晚上。

沉默。朵拉來回踱步。

安南科夫：休息一下，朵拉。

朵拉：我覺得冷。

安南科夫：來這裡躺一躺，穿暖一點。

朵拉：（繼續踱步）這夜晚真長。我好冷，波里亞。

有人敲門。先一聲，然後兩聲。

安南科夫去開門。史代潘和瓦洛夫進來，瓦洛夫走向朵拉，擁抱她，她緊緊抱著他。

朵拉：阿列克西！

史代潘：奧爾洛夫說可能就在今夜。所有非輪值勤的士官都被召集起來，所以他到時候也會在現場。

安南科夫：你去哪裡和他會面？

史代潘：他會在索菲斯開亞路那家餐廳等我們，瓦洛夫和我。

朵拉：（坐下，筋疲力竭）就是今夜了，波里亞。

安南科夫：還有希望，決定取決於沙皇。

史代潘：決定取決於沙皇，如果雅奈克請求赦免的話。

朵拉：他沒有提出請求。

史代潘：如果不請求特赦，為什麼要見大公夫人呢？她到處放風聲說他懺悔了。如何能知道事實？

朵拉：我們知道他在法庭上講的，還有他寫給我們的信。雅奈克不是說過，為了向專制挑戰，他惋惜只有一條命可拋嗎？說過這種話的人，會乞求赦免、會反悔嗎？不會的，他視死如歸，之前如此，現在也如此。他所做的是不容否認的。

史代潘：他見大公夫人是錯誤的。

朵拉：他是唯一能判斷是不是錯誤的人。

史代潘：按照我們的規矩，他不該見她。

朵拉：我們的規矩是殺人，如此而已。現在，他自由了，他終於自由了。

史代潘：還沒有。

朵拉：他自由了。臨死之時，他有權利做他想做的。因為他即將要死了，你們開心了吧！

安南科夫：朵拉！

朵拉：本來就是。如果他被赦免，該會是多大的勝利啊！那可不就證明大公夫人說的是事實，證明他反悔了，背叛了。如果他死了，那正好相反，你們就會相信他，就會繼續愛他。（她看著他們）你們的愛代價真昂貴。

瓦洛夫：（走向她）不，朵拉。我們從未懷疑過他。

朵拉：（來回踱步）是……也許……原諒我。但是反正這又有什麼重要呢！今夜我們就會知道……啊！可憐的阿列克西，你到這裡來做什麼？

瓦洛夫：我來接替他。讀到他在審判時的說詞，我流淚了，也覺得驕傲。當我讀到「死將是我對這個充滿血淚的世界最高的抗議……」，我渾身顫抖起來。

朵拉：這個充滿血淚的世界……他這樣說過，沒錯。

瓦洛夫：他這樣說……啊，朵拉，這是多麼大的勇氣！還有，到了最後，他大喊：「如果我的死是以人類的高度來抗議暴力，那麼死亡就會為我的作為冠上純潔理念的皇冠。」所以，我決定來了。

朵拉：（雙手抱著頭）的確，他追求純潔。但這是多麼可怕的皇冠！

瓦洛夫：不要哭，朵拉。他要求誰也不要為他的死哭泣。喔，我現在完全理解他了。我不能懷疑他。我曾痛苦過，因為我曾經怯懦。後來我在帝夫利斯投擲了炸彈。現在，我和雅奈克沒有差別了。當我聽到他被宣判死刑，心裡只有一個念頭：既然我當時沒能在他身邊，那就回來接替他的位置。

朵拉：今晚誰又能代替他的位置呢？他將孤單一人，阿列克西。

瓦洛夫：我們要以驕傲來支持他，如同他以他的榜樣支持我們。不要哭。

朵拉：你看，我的雙眼是乾的。但是，驕傲，喔，不，我再也不覺得驕傲了！

史代潘：朵拉，不要把我評斷得這麼壞。我希望雅奈克活著。我們需要像他這樣的人。

朵拉：他不期盼活著。所以我們也應該希望他死。

安南科夫：妳瘋了。

朵拉：我們只能這樣希望。我瞭解他的心。只有這樣他的心才能安定下來。啊，是啊，讓他死吧！（聲音更低）但讓他死得乾脆點。

史代潘：我走了，波里亞。走，阿列克西，奧爾洛夫在等我們。

安南科夫：好，快點回來。

史代潘和瓦洛夫走向門口。史代潘望向朵拉。

史代潘：我們去瞭解一下。你照看著她。

朵拉待在窗戶邊。安南科夫看著她。

朵拉：死亡！絞架！又是死亡！啊！波里亞！

安南科夫：是的，小妹。但是沒有其他辦法。

朵拉：別這麼說。如果唯一的辦法就是死亡，我們就不是走在正確的道路上。正確的道路是通往生命、通往陽光。我們不能永遠寒冷……

安南科夫：這條路也通往生命，是其他人的生命。俄羅斯會活下去，我們的子孫將會活下去。記住雅奈克說的話：「俄國將會美好。」

朵拉：其他人，我們的子孫……對。但是雅奈克關在牢裡，絞繩冰冷。他將要死去。或許他已經死了，讓其他人得以活下去。啊！波里亞，如果其他人也活不了呢？如果他白白犧牲呢？

安南科夫：住口。

一陣沉默。

朵拉：好冷啊。不是春天了嗎。監獄內院裡有些樹木，這我知道。他應該可以看到。

安南科夫：等著消息吧。別這樣發抖。

朵拉：我好冷，覺得好像已經死了一樣。（停頓）這一切讓我們老得這麼快。我們再也不是孩子了，波里亞。從第一次殺人開始，童年就遠離了。我丟擲炸彈，你知道嗎，一秒鐘之內，一整個生命就垮了。沒錯，之後我們就可以死了。我們已經活盡人的一生。

安南科夫：那我們就跟眾人一樣，在奮戰中死去。

朵拉：你們已經走得太遠了。你們已經不是眾人了。

安南科夫：不幸和苦難也進展快速。這世界上已經沒有耐心和深思熟慮的餘地了。俄國沒辦法等了。

朵拉：我知道。我們承擔起世界的不幸。他也是，也承擔了。多大的勇氣啊！但有時我暗自認為這是一種托大，將會受到懲罰。

安南科夫：我們為了這種托大付出生命。誰也不能做得更多了。我們有權利朵拉：這樣托大。我們確定沒有人能做得更多了嗎？有時候，在我聽史代潘說話的時候會感到害怕。或許有別的人讓我們去殺人，但自己卻不付出生命。

安南科夫：那就是懦弱，朵拉。

朵拉：誰知道呢？或許這就是所謂的正義吧，而且再也沒有人敢正面看它了。

安南科夫：朵拉！

朵拉住口。

安南科夫：妳動搖了嗎？我都不認識妳了。

朵拉：我好冷。我想到他為了不顯露害怕，一定挺住不會發抖。

安南科夫：妳不再跟我們站在一起了？

朵拉：（撲到他懷裡）噢，波里亞，我和你們在一起！我要走到底。我痛恨專制，也知道我們沒有別的辦法。然而，我滿懷欣喜做出選擇，堅持這個選擇卻滿心憂傷。這就是差別。我們是囚徒。

安南科夫：整個俄國都在監獄裡，我們要將這監獄圍牆炸得四分五裂。

朵拉：只要讓我去丟炸彈，你就會知道。就算在激戰之中，我的步履也會平平穩穩。生命充滿矛盾，比起經歷這些，死比較容易、容易得太多了。你愛過嗎，你可曾愛過，波里亞？

安南科夫：我愛過，但已經太久，我不記得了。

朵拉：有多久？

安南科夫：四年了。

朵拉：你領導組織幾年了？

安南科夫：四年。（停頓）現在，我愛的是組織。

朵拉：（走向窗戶）愛，對，但是被愛！……不，必須往前。就算想要停下，往前走！往前走！想要伸展雙臂，放任自己。但這骯髒的不正義像黏膠一樣黏著我們。往前走！我們現在被迫要比自己更偉大。人、面孔，這是我們想要愛的。寧可愛，而不要正義！但是不行，必須往前走。往前走，朵拉！往前走，雅奈克！（她哭）但是對他來說，快到達目的地了。

安南科夫：（把她抱在懷裡）他會被赦免的。

朵拉：（看著他）你明知不會。你明知不可以。

他移開目光。

朵拉：他或許已經到了院子。他一出現，所有人會突然鴉雀無聲。但願他不覺得冷。波里亞，你知道怎樣絞死人嗎？

安南科夫：用繩子。夠了，朵拉！

朵拉：（不加考慮地）行刑者跳到肩膀上。脖子喀的一聲。這不可怕嗎？

安南科夫：可怕，在某種意義上。但在另一個意義上，這是幸福。

朵拉：幸福？

安南科夫：臨死前感受到一個人的手。

朵拉跌坐在扶手椅上。一陣沉默。

安南科夫：朵拉，接下來該離開了。我們可以休息一下。

朵拉：（失魂落魄）離開？跟誰？

安南科夫：和我，朵拉。

朵拉：（她看著他）離開！（她轉身朝向窗戶）天亮了。雅奈克已經死了，我很確定。

安南科夫：我是妳的兄弟。

朵拉：是，你是我的兄弟，你們都是我所愛的兄弟。（傳來雨聲。天漸漸亮了。朵拉低聲說話）但是手足之情有時如此苦澀啊！

敲門聲。瓦洛夫和史代潘上場。所有人站立不動。朵拉身子搖晃，顯然盡力支撐住。

史代潘：（低聲說）雅奈克沒有背叛。

安南科夫：奧爾洛夫看到了？

史代潘：嗯。

朵拉：（堅定向前）坐下，敘述一下。

史代潘：何必呢？

朵拉：全部敘述一遍。我有權瞭解。我要求你敘述，詳詳細細。

史代潘：我做不到。再說，現在該走了。
朵拉：不，你講。他什麼時候被通知的？
史代潘：晚上十點。
朵拉：什麼時候被絞死的？
史代潘：凌晨兩點。
朵拉：這四小時之間，他就這樣等著？
史代潘：對，一句話都沒說。接著一切快速進行。現在，結束了。
朵拉：四個小時一句話都沒說？等一下。他穿著怎麼樣？穿皮襖了嗎？
史代潘：沒有。他穿一身黑，沒穿大衣。戴一頂黑色氈帽。
朵拉：天氣怎麼樣？
史代潘：夜黑深沉。雪很髒。雨把積雪化成黏稠的稀泥。
朵拉：他發抖了？
史代潘：沒有。

朵拉：奧爾洛夫和他眼神交會了嗎？

史代潘：沒有。

朵拉：他在看什麼？

史代潘：奧爾洛夫說他看著所有人，但視而不見。

朵拉：後來呢，後來呢？

史代潘：算了，朵拉。

朵拉：不，我要知道。至少他的死亡屬於我。

史代潘：向他宣讀了判決書。

朵拉：宣讀的時候，他在做什麼？

史代潘：什麼也沒做。只有一回，他甩了甩腿，把濺在鞋子上的一點兒汙泥甩掉。

朵拉：（雙手抱著頭）一點兒汙泥！

安南科夫：（突然問）你怎麼知道這個？

史代潘沉默不語。

安南科夫：你向奧爾洛夫全部打聽了？為什麼？

史代潘：（移開目光）雅奈克和我之間有點疙瘩。

安南科夫：什麼疙瘩？

史代潘：我嫉妒他。

朵拉：後來呢，史代潘，後來呢？

史代潘：弗洛朗斯基神父上前遞給他耶穌受難十字架，他拒絕親吻十字架。他宣稱：「我已經跟你們說過，我和過去的生活已全然了斷，現在以死亡一筆勾銷。」

朵拉：他說話的聲音是怎樣？

史代潘：和平常完全一樣。但不像你們所熟悉的聲音那麼激烈急迫。

朵拉：　他的神情幸福嗎？
安南科夫：　妳瘋了？
朵拉：　是，是的，我確定，他一定神情幸福。他摒棄了生命中的幸福，以便好好準備犧牲，要是死時還不能感到幸福，那就太不公平了。他神情幸福，穩步走向絞架，對不對？
史代潘：　他往前走。下面河上有人拉手風琴唱著歌。當時，幾隻狗也吠了起來。
朵拉：　於是他登上去……
史代潘：　他登上去。隱沒在黑夜中。只隱約看見劊子手把他整身包起的裹屍布。
朵拉：　後來呢，後來……
史代潘：　沉悶的聲響。
朵拉：　沉悶的聲響。雅奈克！接下來……

史代潘沉默不語。

朵拉：（激烈地）接下來呢，我問你哪。（史代潘沉默不語）說啊，阿列克西，接下來呢？

瓦洛夫：恐怖的一聲。

朵拉：啊。（她撲到牆上）

史代潘撇開頭去。安南科夫一言不發地哭泣。朵拉轉過身來，看著他們，背靠著牆。

朵拉：（音調變了，失魂落魄）你們別哭。不，不，你們不要哭！你們很清楚，這是證明的日子。此刻有某種東西昇華了，為我們所有這些反抗者做出見證：雅奈克不再是個殺人兇手。恐怖的一聲！只需恐怖的一聲，他現在重回快樂的童年。你們記得他的笑聲嗎？有時候無緣無故就笑起來。他多麼年輕啊！他現在應該也是笑著。臉貼在地面，他一定是笑著。

她走向安南科夫。

朵拉：波里亞，你是我兄弟嗎？你說過會幫我？

安南科夫：是的。

朵拉：那麼，答應我一件事。把炸彈給我。

安南科夫看著她。

朵拉：對，下一次，我要投擲炸彈。我要投第一顆炸彈。

安南科夫：妳很清楚我們不要女人站到最前線。

朵拉：（喊）我現在還是個女人嗎？

他們看著她。一陣沉默。

瓦洛夫：（輕聲地）同意吧，波里亞。

史代潘：對，同意吧。

安南科夫：應該是輪到你，史代潘。

史代潘：（看著朵拉）同意吧。現在，她跟我很像。

朵拉：你會把炸彈給我，對不對？我會把它投出去。之後，在一個寒冷的夜晚……

安南科夫：好，朵拉。

朵拉：（哭泣）雅奈克！一個寒冷的夜晚，同一根絞索！現在一切都更容易了。

落幕。

劇終。

國家圖書館出版品預行編目（CIP）資料

正義者 / 卡繆 (Albert Camus) 著 ; 嚴慧瑩 譯 . -- 初版 .
-- 臺北市 : 大塊文化出版股份有限公司 , 2021.07
面 ;　　公分 . -- (to ; 125)
譯自 : Les Justes
ISBN 978-986-0777-10-9 (平裝)

876.55　　　　　　　　110009425

LOCUS

LOCUS